Operación
Serpiente

Operación Serpiente

JULIO BENÍTEZ

Número de Control de la Biblioteca del Congreso de EE. UU.:   2013910886
ISBN: Tapa Dura   978-1-4633-6005-4
                 Tapa Blanda   978-1-4633-6004-7
                 Libro Electrónico   978-1-4633-6003-0

Este libro fue impreso en los Estados Unidos de América.

Fecha de revisión: 20/06/2013

Para realizar pedidos de este libro, contacte con:
Palibrio
1663 Liberty Drive
Suite 200
Bloomington, IN 47403
Gratis desde EE. UU. al 877.407.5847
Gratis desde México al 01.800.288.2243
Gratis desde España al 900.866.949
Desde otro país al +1.812.671.9757
Fax: 01.812.355.1576
ventas@palibrio.com
476327

Índice

Para mi madre, mi familia toda,
Mi patria, mis países
y mi cultura

SALÓN DE FIESTAS

Harry González reconoció inmediatamente la melodía. "Castellanos que bueno baiiila usted….. Generoso…" Esa composición le traía recuerdos de los años en la Universidad, de sus propios orígenes y finalmente de su querido Glendale, donde ese conocimiento agregaba un detalle positivo a su hoja de servicio como oficial de policía. La canción sonaba diferente a la interpretación que conocía; pero no destronaba su tintinear tropical y si no recordaba mal debía ser cubana. Hubo una fiesta en aquellas lecciones. El tema fue la Isla, su comida y su música. ¿Por qué siempre terminaba en cubano? No había una razón especial; pero algo extraño lo conectaba al olor salido de la mesa adonde los más variados platos se esparcían con bocadillos venidos, sin lugar a dudas, de Porto´s la estrella de las pastelerías que él visitaba con frecuencia.

"Por favor, ¿me podría informar adonde encontrar al supervisor?"—preguntó con su mejor español aunque un tanto perturbado por la seductora y fuerte sensualidad de la secretaria.

Ella lo observó desde la mesa que parecía ser-la- del "jefe."

"Excuse me. No entiendo bien. Oh sorry! Mi inglés es un poco malo. ¿Usted habla español?"

"Un poquito. I'll try. Me llamo Harry González, sargento…Glendale Police"

"Yumilka Pando, un placer……!Juan Carlos…..! No me oye, ya vengo. Espéreme "here".

"No se preocupe, yo caminar…voy con usted."

Ella asintió y a la vez registró con una mirada fulminante las "cualidades" del sargento. Disfrutó el gesto y el color de su piel. Su nariz perfilada y sus facciones la guiaron a suponer que tal vez se trataba de un cubano americano. Incluso le resultó no sólo atractivo sino también simpático. "Coño que está para comérselo" se dijo para sí. Al moverse en dirección hacia lo que parecía un salón de fiestas, se contoneó como una típica caribeña.

El sargento la observó con curiosidad y con deseo. El coqueto menear se asemejaba al de una mujer fácil. Ella se volteó y sonrió. Siguió ese ritmo que parecía un huracán similar al que presenciara en Florida en una de sus vacaciones. Exhalaba fogosidad, sin dudas. El pelo, entre rojizo y amarillo le pareció encantador así como los labios pulposos no por obra de un cirujano sino por la sensualidad manifiesta de las mezclas genealógicas. Pero sobre todo, olía muy bien. Mientras caminaban uno cerca del otro pareció originarse un juego de caza, como de macho al acecho y de hembra con las hormonas alebrestadas. Ella se retorció para desplegar sus cabellos y recogerlos en un movimiento típico de las féminas demasiado felices con los bienes que la naturaleza le brindó. Harry González comparó esa estatuilla viva con el cadáver que probablemente yacía en la morgue a la espera de que los estudios arrojaran un poco de luz sobre las últimas horas de su vida. Aquella otra se mantenía como una pieza fina trabajada con amor y exquisitez. Esta dama, a cambio, actuaba como hecha a talla de fuerza y con el cincelado de la emoción salvaje.

A medida que avanzaban hacia el salón, la música subía como fiesta de carnaval. Muchas empleadas con ropas ceñidas al cuerpo se zarandeaban al ritmo de sus caderas. Un grupo en particular, mostraba una pasión, una gesticulación, un caminar diferente que se diferenciaba del resto. "Deben ser cubanas," pensó y se fue introduciendo en esa especie de convite adonde la música y los olores de asados, fritos y ajo fuerte se imponían sobre los tufillos proveniente del polvo, las máquinas y los cuerpos dados al trabajo.

"Juan Carlos Escribá... ¿En qué puedo servirle?"

"Tienen una fiesta. ¿Ustedes celebran algo? ¿Something? ¿No? ¿Do you speak English?"

"Just a little. ¿Pero, usted habla español, sargento? ¿Sí?... Oh, está bien, dígame"- Le respondió Escribá.

"No quiero molestar...Podríamos go, ir a otro lugar. Hay "mucho" música."

"Quiere decir ruido, ...comprendo. Vamos a mi mesa...O si lo prefiere afuera de la fábrica. Tenemos una fiesta hoy. Por favor, please, sígame."

Atrás dejaba el pastel de merengue grande y colorido. Se podían olfatear el lechón asado y muchos otros platillos y aderezos. Notó con entusiasmo las pupusas salvadoreñas y también las tortillas y las salsas calientes rojas y verdes propias del mexicano. Una gran paella recordaba raíces comunes a las diferentes nacionalidades. Las mujeres continuaban moviéndose con ritmo cadencioso. En un instante hubo cambios de compases. Un nuevo estilo musical urbano invadió el lugar y pareció como un rayo del diablo incitando al jugueteo erótico. Risas y voces altas, gritos y emoción desbordaban el espacio. Un coro excitado repetía el estribillo de una canción de moda: "¡Gasolina! ¡Yo quiero más gasolina!"

Con impulso irrefrenable siguió a este hombre quien hablaba con un acento muy neutro. No obstante, estaba convencido. Era cubano. Sus gestos y las palabras que utilizaba así lo afirmaban. Todo este espectáculo de alegría y fiesta resultaba muy extraño. No encajaba en la tragedia que había ocurrido apenas unas horas atrás. Una fiesta cuando no era tiempo de fiestas y como siempre las palabras guiando sus pasos, manipulando las conclusiones. Si bien el conocimiento del español se ampliaba cada día y los acentos le resultaban más familiares, no lograba coordinar bien esas endemoniadas frases.

"Me decía algo de la fiesta. Yo no pensé que necesitaba permiso. La gente está muy alegre. Sabe...es mi cumpleaños."

"¡Ah! your birthday!. Yo pensar que algo especial, como un premio o algo".- dijo el sargento esperando una respuesta que aclarara esta coincidencia casi grotesca. Todo parecía un gran festival adonde se celebraba la desaparición de una ex trabajadora La fallecida llevaba consigo una vieja identificación de la compañía que fue encontrada en su cartera. Sí, pero este individuo parecía suave, amable y por tanto no había por qué relacionar un evento con el otro. "Well!", diría Harry. "Por ahora."

"Como le decía oficial, mejor salimos afuera, así no nos molestará este bullicio."

Harry no quiso apresurarse en sus conclusiones. Además los aromas de la fiesta iban quedando atrás y la música no sonaba tan fuerte; por lo tanto debía concentrarse lo mejor posible en una pista, establecer algún tipo de hipótesis y finalmente verificar lo del fallecimiento de la mujer en el puente. "Okay" fue lo único que alcanzó a decir antes de salir y observar con más detenimiento lo que había ignorado en un primer momento. El estacionamiento carecía de espacio libre. En la factoría trabajaban al menos sesenta a setenta personas por turno. Allí se apreciaban modelos de carros comunes, mayoritariamente viejos. Bueno. "... era de esperar" se dijo para sí mientras una mueca despreciativa afloró a su rostro. "Losers!" Se le escapó la palabra. Perdedores. Qué si no se podía esperar de un lugar adonde todos hablaban español.

"¿Decía?"- Le preguntó Juan Carlos, ignorante de lo que el detective había opinado.

"Quería hablarle de Maritza Legrá." Hubo un silencio. El semblante del señor Escribá antes inmutable se transformó. En su cara morena, se acumuló la sangre y el cutis se tornó oscuro y violáceo. Harry lo auscultó tratando de comprender la causa de su reacción. Un automóvil pasó a toda velocidad próximo a la acera adonde ambos se observaban. Al jovencito que conducía le pareció extraña esa posición estática como de amantes al acecho.

"¡Abrácense, maricones. Un beso!" Fagots!

Inmediatamente, se distanciaron unos pasos. La insinuación era de por sí ridícula. Harry le enseñó el dedo intermedio de su mano derecha al bromista, abrió el chaleco y asomó el arma escondida mientras le gritaba fuck you! que es como decir "vete a la chingada, cabrón". Juan Carlos, algo tenso y abochornado, se separó un poco más. Y como para terminar lo que parecía un interrogatorio fuera de lugar, le lanzó una frase al sargento.

"Ella ya no trabaja aquí. Usted es policía y sabe lo que pasó."

Suicidio

El día que Maritza levitó sobre el puente fue como sumergirse en la nada. Flotó como el polvo, como una simple pluma abrazada por el vacío. Poco tiempo después, el sargento Harry González, miembro del departamento de investigaciones criminales de la policía de Glendale se preguntaba por qué siempre lo enviaban a resolver aquellos casos donde había un hispano muerto y la única explicación posible la encontró en su conclusa relación tormentosa con una emigrante cubana. Su apellido, llegado a California unos doscientos años atrás no le quitaba su condición de blanco. No obstante, algunos de sus amigos y compañeros de trabajo confundían sus orígenes. Después de haberse observado cientos de veces frente al espejo, se repetía la misma pregunta: ¿Por qué? Había aprendido la lengua de Cervantes en la escuela y muchos lo consideraban un especialista en el tema. Su apellido y su relación con una bisabuela exótica que se auto-proclamaba hispana, se contradecían con sus convicciones étnicas. Por eso, hastiado de esa incesante analogía con una comunidad con la cual compartía poco, experimentó nuevamente el mismo resabio.

"Fuck!" - dijo con expresión perturbada. Por su torpeza casi termina en el canal construido por el cuerpo de ingenieros en el río Los Ángeles décadas atrás. !Carajo!, ¡mierda!, ¡joder! hubiera gritado un hispano;

pero fuck! connotaba más que nada su rabia. Sólo de imaginar que al despeñarse hubiera tocado un cadáver de mujer contaminado por el desagüe de antiguas riveras lo puso de mal humor.

Esas mismas aguas humedecían en ese instante a la difunta quien parecía más joven y conservada de lo que le habían informado en la llamada. Los pies escabullidos de la manta desplegaban un alisado tan especial que cautivaron inmediatamente su mirada. Eran más bien pequeños, del tipo que le arrebataban. La corriente empezó a moverse con fuerza. El otoño y el frío se revolvieron como líquido que se bate hacia confluencias venidas desde las montañas. Con ayuda del equipo forense y de su compañero que esperaba allí desde al menos una hora, levantó la cobija y observó detenidamente los restos allí depositados.

"Oh shit! She´s naked!".- Dijo Harry- "¿La encontraron desnuda?"

"No tenemos idea de cómo se aventó por encima del puente y llegó hasta aquí." –le dijo Andrew Durden.

"Sí, sargento, completamente desvestida. Observa el lado derecho de la mejilla. ¿Lo notas?… parcialmente destruido. Hasta ahora, el doctor Willson no ha emitido ninguna opinión. Tenía alrededor de cuarenta años de edad, tal vez un poco más. Se conservaba muy bella. ¿No crees?"-señaló Paul, el ayudante del forense.

"¿Tienes lumbre? Necesito un cigarro" – preguntó González quien alargó su mano para recibir la fosforera.

"Lo siento, ya no fumo.- le dijo Paul.- "La mujer es hispana"

"Toma, yo siempre guardo lumbre, por si acaso. Déjalo ya hombre. Ten voluntad como Paul."- indicó Andrew.

Harry, famoso por sus prejuicios se amargó por los comentarios sobre la mujer en la cuneta. "No way! ¿Cómo estás tan seguro de que es hispana? Ustedes siempre se apuran en sus conclusiones."

"Bueno, al principio yo tenía mis dudas si era blanca o armenia. Todavía no hemos podido confirmar si los papeles que encontramos son falsos... simplemente "you know" una ilegal",- señaló un oficial a cargo de recoger evidencias.

Se repetía el mismo tema cuando se trataba de mexicanos y también de centroamericanos y de cualquiera que oliera o llevara un apellido que sonara salido de España o de sus desordenadas ex- colonias. Desafortunadamente para Harry, él también había sido estereotipado por más de un ignorante aun cuando ninguno de sus compañeros llevaba como él raíces tan antiguas en California.

Sin obviar sus pensamientos, extendió sus ojos sobre el cuerpo y la excelencia de las curvas ya sin revestimiento. Pudo apreciar una suerte de maja desnuda. A su imaginación y a sus sentidos visuales llegó la perfección de una mujer que le recordó su antigua novia "Yo no hubiera desperdiciado una muñeca así"- pensó; sin embargo y con toda la belleza de que gozara un día, la mujer mostraba un rostro como de mueca perturbada. ¿Y por qué hispana? ¿Por qué estaban tan seguros? Con su típica cualidad profesional, observó la bata detenida por el agua y el lodo. Una sandalia de colores se extendía cercana a un gajo desprendido de un arbusto. Caminó hacia el lugar. Tomó las piezas y las colocó en una bolsa.

"¿Por qué saben que es hispana, Paul? ¿La identificación únicamente? ¿Qué piensas Andrew? ¿Usted es doctor o investigador? Alguien me puede explicar si estas prendas las llevaba puestas o si cayeron aquí cerca por casualidad. Por su medida deben ser de ella."

Más adelante se dirigió al grupo que tomaba fotos y hacía lo posible por recolectar evidencias. Un mínimo cambio de las condiciones meteorológicas, barrería todo rastro que ayudara a aclarar esta muerte. El canal no era precisamente un lugar ideal.

"Aquí hallamos su identificación. Un apellido… raro; pero definitivamente hispano. No hay dudas González." —señaló Andrew.

Especuló acerca de si esa mujer ahora inerte había residido en la colonia habitada por mexicanos con sus casas humildes. Él se enteró de ese barrio sin limpieza ni orden sólo años después cuando se estrenó como policía y asumió su primer caso criminal.

."¿Qué piensas?"- dijo el inspector González al forense, un hombre cargado de años quien conocía a Harry por una eternidad.

"Quizás, cuando concluya la autopsia te pueda confirmar una idea que me está dando vuelta en la cabeza…como una especie de intuición."

"No lo creo. Tú no eres hombre de suposiciones sino de pruebas, evidencias científicas."

"No seas grosero. Cálmate que el doctor también tiene derecho a especular"- comentó Andrew.

El forense insistió nuevamente. El hombre no acostumbraba a hablar mucho. No le molestó en lo más mínimo la observación. Su habilidad como profesional había pasado por incontables pruebas. Se pasó la mano por la cabeza adornada con pocos cabellos. El sudor se evaporó alrededor de su cuello rollizo y bermejón que el sol de la mañana se ensañaba en castigar. Entonces, se dirigió nuevamente al sargento:

"Yo creo que ya estaba muerta cuando la lanzaron del puente."

Hasta los muertos hablan

Ese muchacho me amenazó con un cuchillo. Yo no estoy inventando nada y aunque no haya visto el arma, no lo dude. Mire agente, todavía era muy temprano y ya había un ruido muy grande. Sabe, estoy medio sorda y sobre todo convencida de que fue por estas máquinas infernales. Bueno, como le decía, no se escuchaba nada y la jornada anterior ese individuo provocó una trifulca y entonces... ha tenido confrontaciones con casi todo el mundo.

"¿Hubo alguien presente?"- Preguntó el agente que tomaba el reporte.

"Yo lo estaba observando. Averigüe con Magdalena. A ella no le gusta hablar ni contar las cosas... Sí, ya sé, tengo que ser concreta. Pues, a lo mejor ni tiene documentos... y se mueve como gallito de pelea. Él es guatemalteco... Bueno, a lo mejor es hondureño, porque mexicano no... ni hablar. Aquí todos andan...sabe... sin papeles."

"Por favor, nuestro trabajo no es de agentes de la migra."

"Está bien. ¿Que si tengo Green Card? ...soy cubana. Mi esposo tuvo en problemas en Cuba."

"¿Podría explicarse mejor?"-inquirió el agente

"¿Qué clase de problemas?... Políticos."

"¿A qué hora sucedió la amenaza?"

"Perdone. .... Como le decía, en eso...él empieza a gesticular, el mismo, que me amenazó. Yo no vi ningún cuchillo; pero estaba muy alterado y yo no lo podía escuchar bien. La cosa es que sentí un ruido enorme y entonces yo que paro la máquina y entonces me le acerco. Yo todavía no sabía bien qué sucedía aunque por su actitud...bueno me lo imaginaba. ...que buscaba problemas. A mí no me gustan los complicaciones.... hay muchos chismosos. Lo escuchó? Eso sonó como un disparo."

"Quédese aquí sin moverse" – le ordenó la agente que tomaba el reporte.

"¿Y ahora? ¿Qué pasó con ese muchacho?..."

"Le dije que nos esperara."- indicó la oficial un tanto enojada.

"¡Oiga! ¡Ese no es!...déjeme aclarar... Aquí hay un malentendido. ...tome nota. ...Está bien, Ya se lo expliqué... yo no vi ningún cuchillo...La cosa es que pedí que me socorrieran y nadie me ayudó y por eso llamé a mi marido."

"¿Y dónde se encuentra su esposo?" –preguntó la agente

"Él se comunicó desde casa. Bueno, es ingeniero y tuvo que salir para su compañía. ¿Y luego?, pues le pregunté al individuo por qué estaba tan alterado y entonces se volvió más agresivo. La gente pierde el control. Yo le respondí que si no quería que lo miraran pues que metiera la cabeza en una caja....usted debe comprender lo que quise decir. No me iba dejar intimidar. ¿Y qué yo hice? Le respondí que si era tan hombre que me pegara y entonces salió con eso de atravesarme con un cuchillo y de paso dijo también que le iba partir la cara al flacuchento de mi esposo. Entonces, busco al supervisor y me suelta que no puede hacer nada y por eso le avisé a mi marido otra vez y así fue como él contactó a la policía."

"Prosiga, por favor."- señaló la agente fornida y en buen español.

"Mi esposo se llama Pedro Gámez."

"¿Y por qué tanto ruido? Eso es otro disparo... ¡Yo no tengo la culpa, coño!" Suéltelo, por su madre, por favor. Que no es él, que está sangrando coño...Déjeme ir. Quítele las esposas...hay que curarlo."

"¿Se va a calmar señora?"- volvió a insistir la agente.

Harry leyó la trascripción del reporte hecho por la oficial que entrevistó a Maritza. Las palabras, la imprecisión si fueron tomadas adecuadamente describían a una mujer nerviosa e histérica, lo cual resultaba lógico dadas las circunstancias. Sus insinuaciones sobre el estatus legal del presunto atacante así como las hipotéticas violaciones de las reglas de empleo se presentaban comúnmente en casos como esos. Quizás ella tenía razón y en el lugar abundaban los indocumentados. Pero su obligación se restringía solamente a la de investigador criminal.

El sargento no pertenecía a la migra ni nunca le interesó. Él necesitaba únicamente recopilar información sobre el suicidio o sobre un presunto asesinato. Quizás la mujer fallecida tenía toda la razón del mundo y los asuntos en esa fábrica andaban mal.

Después de la conversación con Juan Carlos Escribá, Harry fue directo a buscar en los archivos. Así evitó comenzar la investigación desde cero. Leyendo tal vez encontraría la versión de quien no podría testificar; otra transcripción que no coincidiera con estas primeras impresiones venidas de su antiguo jefe. En medio de su parquedad, el presidente de la compañía le había insinuado que la mujer encontrada en el canal del puente de la calle Pacific sufría una especie de complejos de persecución. También le mencionó su carácter bipolar, "lunática" fue la palabra que Escribá había utilizado.

Las cosas podían encajar y lo del suicidio, todavía pendiente por verificar, se conectaba lógicamente con las perturbaciones de la mujer. Al leer este breve reporte algunas cosas no se articulaban con la descripción que le hiciera el Presidente de Corazón Heart.

"Esto parece más interesante de lo que yo pensaba" reflexionó al confrontar la información que había manejado hasta el momento. En sólo unas horas la simplista explicación sustentada en una muerte voluntaria se juntaba ahora a otras posibles soluciones. No podría arribar a conclusiones sólo por insinuaciones de un jefe que aún no conocía a fondo.

Por otro lado, había también algo de misterio en el apellido de la muerta. Tal vez necesitaba visitar a su bisabuela siempre con sus obsesiones de hispana tratando de descubrir en todos sus parientes algún tipo de conexión con sus antepasados. Sí, su abuelita y los árboles de familia. Tal vez, al fin y al cabo ella supiera algo sobre el apellido Legrá.

En busca de las raíces

Tenía que lidiar con un sinfín de complicaciones rondando la cuestión racial. Luego meditó nuevamente acerca de las mezclas étnicas hasta concluir que Glendale había cambiado demasiado. Esa situación de raíces y orígenes alcanzaba en Harry dimensiones trágicas como si la vida girara alrededor del pasado y de los árboles genealógicos. El sargento conocía sus ancestros anglosajones; pero la otra parte de su yo, el que rechazaba y admiraba sin querer, lo hispano, se convertía en un dilema recurrente. Bueno. ¿Estaba conectado con los cubanos también? Al fin y al cabo su ex-mujer lo era. Harry González pudo haberse cambiado el apellido pero en las interioridades de su yo la contradicción de quien parecía "White" y tenía un apellido demasiado hispano, le impedía proceder al cambio.

Contradictoriamente, Harry no pudo quitarse de la mente a la secretaria de la fábrica de válvulas del corazón. Sintió el deseo, más bien el impulso de llamarla. Le había ofrecido su número para casos de emergencias. Contrario a algunos de sus prejuicios, prefería las mujeres hispanas.

Mientras conducía, decidió pasar nuevamente por el puente de la calle Pacific. Los bordes de la pasarela se encontraban recubiertos por una malla elevada. Era paradójico que no se hubiera fijado en ese detalle. Para una mujer como la muerta, de esa edad y estatura saltar por encima de esas cercas no pudo ser nada fácil. Las aguas se mostraban a un bajo nivel, lo que impidió que el cuerpo hubiera sido arrastrado por la corriente. Harry trató de contactar nuevamente la oficina del forense; pero una casualidad le impidió comunicarse con él y tampoco con su ayudante quien le había ayudado tantas veces a avanzar en sus investigaciones.

Se dijo que todo este trabajo se había vuelto burocrático y a ese paso se iban a complicar demasiado las cosas y la pobre Maritza se mantendría más tiempo en la morgue mientras él completaba otras pesquisas.

Regresando a la muerta. No podía negar que disfrutó de buenas formas. Entonces recordó a su antigua esposa cubana quien fingió llevar un pedazo de hielo entre las piernas. Bueno, hasta que se le derritió con un falso amigo que ayudó a desbaratar su matrimonio tiempo atrás.

Ya en los cuarenta tempranos, Harry se sintió movido por los rasgos bien torneados de la occisa. Esa extraña obsesión surgió tiempo atrás cuando miraba las fotos de las parientes de su ex-mujer. Esas, como las pinturas y cuadros de personas fallecidas que le sugestionaban por su belleza, expresaban un cuadro verdaderamente confuso de sus pensamientos. ¿Se sentía atraído por Maritza? No lo podía explicar, pero efectivamente, sí.

Por otro lado, aquel ángel del deseo con forma de secretaria se repetía una y otra vez. Demasiada abstinencia lo estaba martirizando. Tomó su carro empolvado y se comunicó con su compañero. Luego marcó el número de su bisabuela. Le pidió verla y ésta le preguntó extrañada por el apuro a lo cual él le contestó que necesitaba respuestas. Ella se alegró. Harry precisaba completar su árbol genealógico y afirmar su vínculo con la hispanidad de la que tan distanciado había estado..

Un rato después no lograba quitarse de la mente a la secretaria. Quería llamar a Yumilka Pando. Luego, cuando arribara a la casa de la bisabuela le confesaría a la anciana el extraordinario impacto que recibió ese día. Ella tenía respuestas para todo.

Timidez, dam! esa arma autodestructiva que lo contenía. Aun así, se animó a tomar el celular, bajar el radio, olvidarse del tráfico y todos los cuatro infiernos que lo rodeaban y escuchar la voz que le estaba produciendo una inusual resurrección de su masculinidad.

----¡Aló!, Please, puedo hablar with....con Yumilka.?

El gallinero está revuelto

La visita del detective cambió la percepción de las mujeres en la fiesta. En general fue como la intervención de un semental americano estaba para chuparse los dedos. Fantasear con él, era como ganar un premio de la lotería, significaba agarrar los papeles y asegurarse un futuro en el país. Yumilka, la secretaria de la compañía **Corazón Heart,** se sintió también sacudida al recordar a Harry. Todo su yo de hembra dominadora, se derritió ante este hombre que lucía todavía joven y varonil. Sus amigas Florinda, Hipólita y Milagros intercambiaron miradas y risitas. Un hombre con traje y corbata, un investigador real como los que uno ve en las películas no era como para ignorarlo.

"Está como un mango, ¿no creen? Sí, no vengas con finura, Yumilka, que se ve que se te cae la babita."- exclamó "la India" como llamaban a María, la guatemalteca con fama de asesina a quien los rumores acusaban de abandonar su país luego de aniquilar a su esposo.

El cuarteto de cubanas la ignoró no sin antes acercarse a donde el policía conversaba con Juan Carlos Escribá, el presidente de la compañía. "Esta enana comilona, siempre de entrometida"- dijo Hipólita. quien parecía olvidar su propio vientre.

"Yo puedo averiguar pero lo único que me pidió fue localizar al supervisor. Habla español pero con un acento curioso." – aclaró Yumilka.

Hubo un silencio. La situación respondía a la lógica del lugar adonde se desarrollaban afectos provenientes de distintos grupos hispanos; pero la intimidad se producía raramente entre ellos.

Corazón Heart se arrendaba a un contratista general por una compañía madre. Así se reducían beneficios y a la vez se evitaban contratos legales. En el local del fondo, se producían piezas sofisticadas. Los que trabajaban allí habían sido ingenieros importantes en la desaparecida Unión Soviética junto a un hindú y un afgano quien ahora ocupaba una plaza de agente de seguridad. A cargo se encontraba un rubio americano quien había probado más de una de las muchachas.

"What's going on?"- Preguntó Ian, el norteamericano – "Who is that guy?"

"Stacy. ¿Tú no dices que eras americana? Mira a ver qué quiere el gringo."

"I am Stacy. Remember me? You can talk … The guy es policía.".

"It's fine. I'll talk to Juan Carlos later. Thanks anyway, Stacy."

Así el huero se fue por donde vino. Las cuatro amigas, la mexicana que "sirvió de intérprete", la india María, las salvadoreñas y las de Guatemala, la negrita Gurrumina, las otras cubanas e hispanas de diferente procedencia, las mujeres jóvenes y no tan jóvenes, se echaron a reír. De acuerdo a la rutina del lugar, el festejo debió incluir al agasajado, Escribá, el gallo viejo en su patio. A pesar de su ausencia, se entregaron a mover el cuerpo con alegría.

"Ausencia quiere decir olvido, decir tinieblas decir amor,…" fue la nota romántica que aproximó a conocidos y desconocidos, que propició el intercambio juguetón de las mujeres a su suerte. A falta de un salario decente, allí se sentían como si viajaran a Paris o pasaran una temporada en Venecia. Para ellas bastaba con un pulguero como el de San Fernando.

Así como la música y el alcohol invadían aquel salón, algunos abandonaban el sitio para refugiarse en algún rincón. El amor se hacía como lo más natural. Un pastel sobre la mesa esperaba y cuando por fin Juan Carlos regresó, sus admiradoras más fervientes, las que fueron amantes, las que algún día pagaron con su cuerpo los favores del patrón y también las que andaban de damas de turno cantaron las mañanitas y el "Happy Birthday." Entonces, llovieron las preguntas que él evadió con su acostumbrada parsimonia. Miró hacia Hipólita buscando la contraseña cómplice. Se alejó con ella hacia la mesa y le contó casi en secreto:

"Ese policía anda preguntando por Maritza. Dice que la encontraron muerta."

"¡Juan Carlos venga para cortar el pastel!"- se escuchó en un coro de voces.

"El gringo vino por el problema de la loca esa que demandó a Juan Carlos", dijo alguien culpando a la muerta de la intrusión.

Repentinamente, Salvador Flores, el supervisor asistente se asomó a la conversación, y se encimó por encima de Juan Carlos para decirle al oído:

"Ya se acabó la fiesta. ¿Ahora qué? ¿Hay lidiar con el fantasma de la Maritza?"

El presidente de **Corazón Heart** no pudo ocultar ni el disgusto ni la contrariedad. Se volteó con una energía inusual. Casi apretó el puño aun sabiendo que su contrincante lo superaba en juventud y fortaleza física. Prefirió guardar silencio. Volvió al tema del día: su cumpleaños. Se alejó de Salvador para soplar las velitas del pastel. Mientras tanto Yumilka conversaba muy animadamente en el celular. El jefe se preguntó quién podría estar del otro lado de la línea telefónica en ese momento tan esperado por todos.

Cuando bajó el volumen de la música. Los trabajadores comenzaron a agruparse alrededor de la mesa, del DJ improvisado, de los bailarines y de los amantes. El grupo, a modo de una familia dispuesta a adular al capo de turno, observó a Juan Carlos Escribá.

Yumilka regresó para cuando el agasajado soplaba las velitas. Tomó discretamente al patrón por un brazo. Los que la envidiaban o detestaban se mantuvieron atentos y con moderada ironía siguieron cada movimiento de esos personajes.

"¿Con quién hablabas?"- le susurró Juan Carlos.

"El policía quiere conversar conmigo. Me invitó a comer y me sugirió que el tema sería Maritza."

Terminado el breve intercambio de palabras, la turba enardecida reclamó su porción de "cake", entonó las canciones de cumpleaños y repartió abrazos de felicitaciones. Unos por cortesía, otros por amantes del dulce engulleron los pedazos que distribuyeron las manos hispanas, ciudadanas, documentadas, indocumentadas, con identificaciones reales o falsas. En ese momento todos se unieron a la celebración. Y entonces, por segunda vez, se produjo un nuevo cruce de palabras entre Juan Carlos y Yumilka.

"¿Y te gustó la invitación muy indudablemente? Lo puedo sentir."

"¿Estás celoso?".

"A mí no me parece buena idea. Y el Salvador, ese de gracioso, como si lo fuera ¡zoquete, baboso! Y te negaste me imagino...."

"Papito, déjate de tratarme como cosa tuya. Salvador es un come mierda. No te preocupes. Sé duro con él y verás cómo te respeta. Hay cosas más importantes que tenemos que callar."

Juan Carlos percibió falta de sinceridad en sus palabras, aun cuando ella había sido todo lo discreta posible para no revelar lo que él hubiera tomado como una traición. Yumilka pensaba en el policía y cómo podía divertirse con él sin que conociera sus secretos.

"Mejor ni hables. Tú sabes que yo no tengo un pelo de boba. Pronto Maritza va a estar descompuesta y enterrada. Mientras tanto sigue con la Stacy que yo me las arreglo con el gringo."

Encuentro sin límites

En el mundo de las posibilidades, una entrevista, un interrogatorio velado arranca la información requerida y finalmente, si se logra, aparece la confesión. En muchas ocasiones no se obtiene resultado alguno. El criminal niega cualquier implicación en los eventos. El testigo no habla por miedo, por presión o por conveniencia. Harry lo comprobaría cuando buscara evidencias, indicios y testimonios en la empresa de Juan Carlos Escribá.

Una cita es distinta. La gente se huele, observa las sonrisas, la gesticulación y los movimientos del otro o la otra. Eso esperaba el sargento cuando enfrentara a Yumilka Pando. Rememoró a Mariza Legrá quien tal vez conoció a su esposo en una situación informal o tal vez no y fue un encuentro preparado, pensó el sargento. Cuánto amó a su esposo y qué problemas cada uno como pareja manejó fue motivo de reflexiones por parte de Harry González. ¿Cómo no se le había ocurrido interrogar personalmente al marido? ¿No fue él quien reportó el incidente en **Corazón Heart?** Su compañero, el detective Andrew Durden le habría comunicado ya a esa hora la noticia de la muerte de su esposa quien salió temprano de casa y no pudo notar la ausencia de su mujer. Quería imaginar su reacción al saberlo ¿Estaría de algún modo involucrado? ¿Cuál habría sido la relación de ella con el patrón, el tal Escribá? ¿Tendría un amante? ¿Los celos de las mujeres de su compañía actuaron como detonante de su suicidio?

En su reunión con Yumilka, Harry esperaba respuestas. Ella trabajó muy directamente con Maritza y aparecía en los reportes de la muerta como un eje de disputa. Pero además, en su mente retorcida por los calores del celibato se aprestaban sendas para una cita de hombre y mujer lo cual complicaba la situación.

"Harry… Pedro Gámez no aparece por ningún lado. Deberíamos nombrarlo como persona de interés. Espero que no te opongas. Ya está completo el reporte del forense. ¿Quieres recogerlo o prefieres leer la copia de la computadora?" - le comunicó Andrew en una llamada.

"Voy a la oficina. Espero sacar una conclusión después de examinar la información del doctor Wilson.".

"Ok, bro… No me digas que esa Yumilka te está consumiendo el cerebro. Cuídate y hablamos luego".

Para el momento que terminó la plática con su compañero había transitado varias millas. Dejó atrás el centro de Glendale con sus edificios alienados alrededor de las calles Brand y Central. También pasó por los cafés y restaurantes abiertos a modo de boulevard como una confluencia de espacios íntimos de una ciudad pequeña con aires de metrópolis.

Sin embargo, Harry prefirió la privacidad y la distancia. Montrose, con sus viviendas esparcidas y sus montañas se convirtió de este modo en la plaza ideal. Luego de estacionar su coche, miró a su alrededor. No era día de feria como los fines de semana y la gente parecía salida de un lugar del Medio Oeste. Al sargento le gustaba el olor de los restaurantes. Le fascinaba la elegancia de las boutiques y el sabor de ese suburbio de Glendale, ideal para que su encuentro no tuviera límite.

Luego del trabajo, Yumilka se fue a casa y se alistó lo mejor posible. En ella la naturalidad no cabía. Todos sus movimientos pasaban por su cabeza racional. A diferencia de otros cubanos parecía no interesarse ni en los libros ni mucho menos en el inglés. Su naturaleza de mujer fogosa acuñaba el frío razonamiento de la mayoría de sus acciones. "Éste no me va a sacar nada que no sea un buen rato en la cama", se dijo. "Bueno," a drink...un trago de vino. ¿Champaña? OK?"

"Dígame Inspector. Usted no me habrá traído aquí a ofrecerme un vino barato."

Ella respondió un poco más agresiva que de costumbre. Una relación con un tipo como el sargento provocaría en muchas mujeres una renuncia a todos los hombres y en especial a Juan Carlos. Por lo menos, esa idea cruzó un momento por su mente a pesar de sus otros deberes más ocultos. Éste policía tenía un poco de todos los hombres que conoció antes. "Ojalá sea bueno en la cama" Con esa reflexión ella confirmó su interés y su aspiración principal al abordar al inspector. "Espero que no venga con pregunticas sobre la Maritza, la muy come m..."

"Bueno, ¿en qué puedo servirle?, yo puedo ayudarlo de muchas formas."

"Sure. How?"- Le preguntó Henry.

"¿Cómo se dice...? Action? Sí mucha acción." -Indicó ella sin pudor alguno y como obviando lo que no fuera mera depuración de sus instintos físicos.

"Good¡ Yo pensar...lo mismo. ¡Brindemos!, Tú vas encantar. Perdón, te gustará mucho."

Límites de un encuentro

Para ambos, las demarcaciones se habían cruzado. La mujer abrió los caminos sin complicaciones aunque ya tenía respuestas a un cuestionario imaginario, por si acaso. Lo de cómo gozar vendría después con la cama y las armas varoniles funcionando. Juan Carlos podía, por el momento, irse al carajo con su mujer, con Stacy, con María y con la nueva indocumentada aún sin nombre. Luego tendría tiempo para un trabajo de los que sólo ella sabía hacer y que lo pondrían de vuelta en su lugar de amante, cómplice, cuasi esposo. Por otro lado, el sargento Harry Gonzáles, creyendo consumado el acto de conquista, consideró oportuno dilatar el interrogatorio. "Después me las arreglo con Maritza, con Juan Carlos Escribá, con mi compañero y con los forenses. "Lo que me importa ahora es disfrutar," pensó. Por eso ignoró una llamada de Andrew. "Seguro me vuelve con la vaina del reporte y que me cuide." "Lo que quiero ahora es una hembra".

El hogar del inspector impresionó inmediatamente a Yumilka. La casa se encontraba al norte de la ciudad. La posición de su anfitrión era perfecta. No tendría que discutir con el jefe celoso que la trataba como si fuera su esposa ni tampoco con las secretas relaciones que ocultaba.

Juan Carlos Escribá habitaba una residencia amplia; pero en el extremo opuesto de Glendale. El inspector, por su parte, vivía en medio de viviendas de clase media y de algunos adinerados ostentando suntuosos jardines no lejos de un cementerio judío. Harry la había comprado cuando los precios se encontraban aún bajos después de su divorcio y se hallaba en pésimas condiciones, como cayéndose a pedazos. Mucho esfuerzo, imaginación, deudas y buen gusto la habían transformado. Yumilka se sintió como Cenicienta en casa de príncipe. Al sargento le tomó años reconstruir su morada y para ello gastó más de la mitad del sueldo mensual. Al final de tanta faena se podía apreciar el resultado: una casa soberbia con estilo colonial californiano. Adentro de su espacio, las cuatro recámaras se arremolinaban en forma inusual. A modo de terraza, la segunda planta vigilaba los salones que Harry había diseñado personalmente y que llevaba la marca barata del trabajador sin papeles. Él trató de evitar a Home Depot, el almacén adonde se apostaban los emigrantes a vender su mano de obra porque como policía podría ser reconocido tratando de contratar personas ilegalmente pero el costo de empresarios con licencia hubiera sido de al menos el triple. Aun así, en el interior discretamente ornamentado, con su recibidor familiar y el hogar modernizado por el aluminio se conjugaban las pinturas originales con las copias que adornaban las paredes. Yumilka no salía de su asombro. Jamás había pisado una casa así aunque se creyó de algún modo lista para su misión. Un sistema especial de música interior le recordaba los intercomunicadores de las posadas baratas allá en Cuba. Los pelos de su cuerpo se erizaron sólo de escuchar las suaves melodías.

Quería desvestirse. Ya, sin espera ni ceremonias. Necesitaba saborear el interior de su lengua. Soñaba despierta con lo que Harry también imaginaba. Luego de un beso, él buscó un tarro de miel y un poco de chocolate. La acostó lenta y suavemente sobre la madera que recubierta parcialmente por una alfombra semejaba una gacela. Ese tapete sobre el piso le brindaba algo de romántico salvajismo a su encuentro. A un lado quedó el champaña. Ella demandaba sin palabras que su cuerpo endulzado fuera absorbido todo por las fauces del león González. No sin observarla antes, le acarició el pelo, lo inhaló entre las suaves manchas del escarlata rubio. Luego se apoderó de sus labios y los mordisqueó tal vez sin originalidad pero con deseo. Mientras avanzaba por la geometría indescriptible de las formas, su mano juguetona toqueteaba las curvas de la cintura y manoseaba las asentaderas que aún firmes recordaban la Venus de Milo. En sus gemidos ya no tan discretos, la mujer que había roto todos los protocolos se retorcía detonando los orgasmos que repetidos brotaban de su flor como rosa en primavera adolescente. Él siguió la ruta de la lengua que carnosa succionaba desde los senos empinados y puntiagudos hasta las profundidades que envueltas en la vegetación que rodea las montañas de Afrodita vuelan o se contienen antes de avanzar hacia el exterior como lavas cálidas provenientes de las interioridades de la tierra. Los más secretos nutrientes aumentaban como torrente de río revuelto después de los deshielos de primavera. Más, decía Yumilka buscando que el límite no tuviera límites o que en su desesperación por continuar este transitar por su cuerpo, el término de su encuentro fuera única y exclusivamente la exploración desmedida, sin tapujos contenidos. Más, significaba para Harry la señal de que su sondeo fuera el tanteo del hombre perforando la madre naturaleza. Más fue el momento en que a modo de taladro petrolero, él pasó del saboreo complaciente a la cortadura hecha sobre la masa naturalmente escindida. En la eternidad de ese momento, más fue lo que suficientemente erguido, transversalmente incluido comenzó a funcionar para el minuto en que el predio sirviera su fruto al hombre. Más para que macho y hembra movieran sus motores y el combustible mágicamente brotara de la tierra y al fin más para que la satisfacción sobrepasara al éxtasis y el orgasmo fuera el límite de sus encuentros.

Sopa de raíces

En el transcurso de la ruta, en medio de uno más de los clásicos embotellamientos de las mega ciudad de Los Ángeles, Harry González se aferró con paciencia al volante de su coche sumergido entre esas líneas de la Autopista Cinco, como siempre, abarrotadas por todos los modelos del mundo: japoneses, coreanos y americanos junto a los vehículos de los de lujos nacidos en Europa.

En esa pereza del tráfico, cuando los cuatro puntos cardinales del sur de California se movían como tortuga gigante entre los hierros de su Mustang convertible, Harry volvió a pensar en Maritza, su muerte y sus relaciones. Sin embargo, su cuerpo se regocijó con la mujer que lo llenó de vida y que lo convirtiera en un macho orgulloso. Había también recibido un nuevo regaño de su compañero; pero necesitaba con urgencia ordenar sus ideas.

En el expandido solaz de sus sentidos y los vericuetos de su curiosidad fue que pudo distinguir con cuánta intensidad Yumilka había odiado a Maritza. "Esa come.. mierda, conflictiva y mosquita muerta". Le expresó primero en una especie de ataque de rabia. "No, no la quería, ni me llevaba con ella." "Y si se murió, pues a todos nos toca un día. ¿Que si yo la maté o la mataría? Qué va, no hombre. Pero sí me alegro de que se haya ido con su veneno a otra parte".

"Ella ya no trabaja allí. Usted es policía y sabe lo que pasó."

Repitió las mismas palabras que le soltara Juan Carlos Escribá. Dedujo que se trataba de su amante por la forma en que ella se refería al dueño de la compañía. Lo anterior sirvió al inspector González para extraer alguna información que iba ordenando un cuerpo de suposiciones, teorías y conclusiones preliminares. No obstante, antes de despedirse para regresar a su oficina, previo a revisar los datos del forense en la computadora, él comprendió que siempre y cuando no hubiera muchas preguntas de por medio y sobre todo si Maritza no formaba parte de la conversación, Yumilka volvería a encontrarse con él.

De vuelta al mundo del tráfico sin control no pudo salir del asombro. Su masculinidad había alcanzado en esa etapa de su vida, la cima del éxtasis que no había logrado nunca antes. En todos los encuentros anteriores las cosas nunca se habían completado. Ahora sentía el vacío que requiere la recarga para una nueva acción. ¿Cómo hubiera sido con Maritza? Se preguntó y a la vez una especie de vergüenza lo estremeció porque al fin y al cabo Yumilka con su aliento de hembra viva debía ser suficiente como para que ninguna inclinación malsana mancillara su sano juicio.

No tenía por qué preocuparse, ni tampoco mezclar lo que dijeran su compañero Andrew o esa zorra de Yumilka. En este momento necesitaba paz porque esta constante zozobra por causa de sus raíces no le permitía ser él mismo. Le urgía poner sino punto final a este capítulo de sus cavilaciones, al menos pasar la hoja como un libro que se lee para encontrar soluciones. Esperaba que su bisabuela resolviera eso, o al menos lo guiara por mejor ruta. Por eso tomó la decisión inmediata de volver a llamarla y tocarle la puerta de madera antigua.

Entonces, Harry González, llamó a la "abuelita" a doña Cachigua que se cambió el nombre de Sherley para parecer hispana. La misma que en su obsesión se inventó un árbol genealógico que tiene una parte de verdad y otra de imaginación. Y así "bi Cachigua" con su faldota ancha y sus combinaciones de collares amerindios y africanos abre la puerta. El sargento percibió de inmediato los complicados juegos burlones de la santería, el despliegue de lo africano y lo mesoamericano mezclado con charadas que a modo de diplomas cubrían el recibidor. Su abuela lo adormece con su olor en las patas. "Es sicote, no te preocupes; pero hace frío y no pienso lavarme las extremidades", le dice. La palabra que ella emplea la aprendió en Cuba. La Cachigua casi Lupe debió ser Cachita, por sus adoraciones extrañas del San Lázaro con muletas que llegó del Caribe o también de Santa Bárbara, Yemayá, Obatalá y Ochún que le crió fama de bruja vodú aunque ella se pusiera de malas pulgas y utilizara los insultos más raros en su español teñido de lucumí, congo y un poco de náthual y quiché, idiomas que hablaba todos. La abuelita abre la puerta, le anuncia los buenos días y se regocija de verlo. La Cachigua, que fue antes Shirley no esconde sus atuendos complicados que despliegan usanzas que son la moda de las hechiceras con esos símbolos colgantes que despliegan un ojo gigante "para espantar los malas vistas." Artefactos y ritos acompañan orbes misteriosos e inexplicables que expelen las lenguas que trajeron y se quedaron aplatanados en una isla tropical.

Harry recordó cómo desde niño se fascinaba buscando comprender las señales de la que fuera señora de sociedad en la California de otras parcelas temporarias del siglo viejo. La bisabuelita con sus arcanos rituales se rebeló contra su afiliación bautista y se retiró para lanzarse a una vida completamente nueva. Abuelita Sherly, se liberó. La doctora universitaria se transformó y devino adicta a las reglas de la metafísica, decía su papá. Se metamorfoseó definitivamente cuando no tuvo más compromisos y el bisabuelo desapareció por el sur de México con una india joven. Pero su emancipación le puso el rostro tenso, bien atractivos los senos gracias una enfermedad que parecía contraria a la naturaleza humana. Su bisabuela padeció por años la enfermedad inaudita del rejuvenecimiento. Comenzó cuando viajó a la República Dominicana. Allí se reconstruyó el himen y se inició en las hazañas del erotismo con la negritud. Luego pasó por incontables regeneraciones que cambiaron sus nalgas discretas en protuberancias notables y capaces de competir con las morenas más sexuales de San Pedro de Macorí, de Santiago de Cuba, de Guantánamo y de la misma New Orleáns.

"Te noto completo, satisfecho. Sólo te pido que averigües bien qué pasó con la muerta del canal. Ten cuidado con la víbora. Gózala; pero no te confíes."

Cachigua, antes Sherley, lo abrazó y dejó su secreción en la cara. Ésa era su bisabuela con sus comidas exóticas y su arroz con frijoles negros en una jornada y sus tortillas y salsas picosas que acompañaban la birria y las quesadillas que brotaban de su respiración de anciana rejuvenecida otro día. Ella, con sus guisos combinaba la culinaria de Meso América de variados moles, quesadillas y chilaquiles con el Caribe hispano y rotaba los días nones con un ritual de los pares, turno de plátano frito con ropa vieja coloreando el congrí.

"Bueno, si has venido a buscar explicación, quién mejor que yo para ofrecértelas. Si yo no puedo, dime quién por amor de dios. No me mires tan serio. Tú sabes. Yo soy capaz de meterme hasta en la mente de una hiena:"

"Pero, nanita, no me dejar ni hablar. Bueno, ya sé mi español no ser…tan good muy bueno pero trato. I try,… You know."

"Aquí me hablas castellano, ¡carajo! que para eso llevas ese apellido. Y cambia la cara."-le recriminó la anciana.

Él conocía como ella usaba el español después de aprenderlo bien en su segunda juventud, la del renacimiento inaudito. Médicos y también familiares achacaron su extraño comportamiento al pacto con un diablo católico, rumor que se consolidó cuando volvió de Cuba adonde conoció a una tal Elfrida, una americana que se mudó a la isla para hacer de sus intereses artísticos una comunión con su fe política. Su nueva amiga la presentó a santeros y espiritistas y también le mostró la casa de Islenira, la sacerdotisa de la Loma del Chivo. La hizo conocer al joven estudioso y poeta Augusto Lemus quien le ayudó en cosas de etnología e historia local cuando aún no había emigrado y la pasión por su pueblo natal no había alcanzado los momentos tan elevados que desplazaran el título de archivero para dar paso al de investigador mayor. Su bisabuela entabló amistad también con Ena Columbié, la intelectual de aquella ciudad quien para ese entonces ya escribía ensayos, poesía y uno que otro cuento. Con ella disfrutó también de la vida sin limitaciones y se le facilitó el ciclo de su regeneración rebelde. Fue esta joven junto a Manuel y otros sabios del lugar, quienes la mostraron a varios mulatos y negros conocidos por su fogosa y exagerada masculinidad. Cristina, la profesora universitaria que veneraba el mito del pene grande entre hombres morenos fue también una de sus anfitriones en eso de iniciarse en la combinación de sexo y negritud a la cubana. Todos ellos completaban su ciclo caribeño iniciado en Santo Domingo.

México se convirtió en otra experiencia, completamente diferente. Allá por las avenidas de la Ciudad de los Muertos, se contagió por ósmosis con la parte india de la América de los Aztecas. Su bisabuela se imantó a las raíces de los que adoraban la tierra como algo sagrado y veneraban los orígenes del hombre de maíz con sangre de dioses. Para esta época, Shirley se rebautizó como Cachigua, mezcla de Cachita que es como llaman a la Virgen del Cobre y a Guadalupe, la patrona de México. Con el calendario azteca y un calidoscopio se inició también en lo maya, sus comidas, la música, el erotismo amerindio, los colores y las ropas que completaron su nueva identidad personal.

"¿Y qué buscas con esto? ¿De verdad crees que por hacerle el amor a una hispana ya se te olvidaron tus pecados racistas y tus estereotipos absurdos? Yo sabía que esas visitas no eran sólo afecto de pariente. En el fondo, tú necesitas resolver ese cabrón problema de identidad."

"Está bien abuelita. Cuéntame lo que sabes y por qué se me forman estos rollos en…cabeza."

"Mira,.. eres el último de tu estirpe en California. Tu padre Eric te enseñó como respetar las leyes y guardó algunos secretos que no fueron pocos. Antes de él, tu abuelo paterno, el sheriff, se cambió su apellido por causa de su carrera política y por esa razón utilizó el mío de soltera. ¿Recuerdas que se dio a conocer como Bryan Glow? A pesar de ser mi propio hijo, me rechazó. Cuando yo conducía mi coche la gente miraba extrañada. Una vez me detuvieron y actuaron como la Migra tratando de deportarme por mi facha y mis atuendos, hasta que les hablé en inglés y les dije "You assholes, I'm your boss's mother que los paralizó y puso nerviosos.

"Sí, bisa, los habrás vuelto medio locos y dejado con sus ganas de castigarte por invadir su territorio."

"¿Sabes qué? A partir de entonces decidí quedarme en mi casa. Así se confirmó mi leyenda negra y mi decisión de caminar por donde hubiera sólo puros hispanos y disfrutar de los taquitos y el colorido de El Pueblo y la Placita Olvera porque la comida cubana me la podría preparar yo misma y de ese modo evitaba esos desagradables altercados. Mis contactos se encontraban en La República Dominicana, Puerto Rico y más que nada en la isla de los experimentos sociales, un verdadero fiasco como todas las dictaduras. Bueno, esa época fue la de mi rejuvenecimiento hasta que recomenzó de nuevo mi vejez y estas arrugas que ya tú has mirado por años. ¿Quieres una limonada? al ratito continúo con eso de las raíces que son tuyas también."

"Bisabuela, you speak…hablas como libro."

"No guataquees. Y te decía, La Isla se convirtió en el Camino de Santiago para mí. ¿Has leído alguna vez a Carpentier?"

"Yes. El escritor que hablaba como francés. Algo así como Elena Poniatowska."

"Hijo, tú siempre confundiendo las cosas…"

"Cachigua. Yo sé que es mexicana."

"Ok Harry. Déjame volver a lo que hablábamos. Cuba fue como volver a los orígenes. La recorrí desde Pinar del Río hasta Baracoa. Me tomó tiempo. Anduve por allí siempre bajo el ojo controlador del gobierno. Asistí a conferencias, leí libros. Observé a santeros trabajar. Visité el Rincón de San Lázaro, el Cobre y celebré Santa Bárbara. Esas experiencias fueron similares a cuando peregriné a los santuarios de la virgen de Guadalupe y la de San Popan.

Se me acercaron muchos por gringa con lana, digo "money", y por blanca con senos duros y nalga grande que se volvía joven en vez de envejecer. Sabes, eso fue cuando todos los indios y mestizos querían probar mis interioridades, entonces insaciables. Bueno, no más historia repetida."

"¿Y quién fue tu padre, Sherley?"

"Cállate pendejo. Sabes que no me gusta que me llames por ese nombre."

Cuando su bisabuela lanzó el regaño, Harry no se mostró ofendido. Aunque discrepaba de sus locuras y su pasión por los hispanos, siempre había sido el familiar favorito. La Cachi, o Lupe según la llamaban sus conocidos dejó atónitos a todos cuando detuvo el reloj biológico hasta un buen día cuando volvió a envejecer de nuevo. Mencionar el nombre original fue el principal agravio que le recordó los maltratos y vejaciones sufridas por las razas oprimidas. Pero él sabía que ella actuaba mejor cuando se la cuqueaba, y por eso decidió repetir lo que en una situación similar no hubiera osado pronunciar. La provocó porque así ella se comportaba más sincera. Como sabía de los poderes psíquicos de la anciana, buscó alguna conexión, alguna pista que le ofreciera claridad entre la muerte de Maritza y la relación con la taimada Yumilka. De la solución de este caso dependía en mucho su futuro en el departamento y estas informaciones podían ayudarlo también en el encuentro con sus orígenes. Tal vez así mejoraría su actitud hacia el otro, el humano marcado por el estereotipo.

"Tengo pensamientos impúdicos con una mujer ya muerta...bisa."

"Quizá no tanto...-Harry"

"Por favor no es tiempo de bromas. Y por otro lado, esa Yumilka."

"No seas tan ridículo, Bueno. Ya te lo dije, goza la serpiente que pronto conocerás la verdad y te sorprenderá más de lo que imaginas. Cuando conocí a tu bisabuelo apenas quedaba nada de tus orígenes. Él conservaba; sin embargo, un escudo de cuero y el retrato viejo de una mujer con una de las primeras pinturas de la ciudad de Los Ángeles ¿Te parece reconocerla? Imposible. Ya tiene casi dos siglos."

"Guau. ¡ Maritza, la muerta y ella son realmente muy parecidas."

"Enriquito, no te equivoques. ¡Caray bisnieto! Ahora sí se pone bueno el asunto. Digo…lo de las coincidencias. Eso averígualo tú porque yo no puedo arreglar todos esos entuertos a distancia. Ni loca vuelvo a Cuba.

Harry no pudo comprender. Alguna jugarreta le guardaba el puto destino. El primero de su estirpe llegó enviado como parte de la avanzada real encargada de fundar la ciudad de Nuestra Señora de Los Ángeles. Todo lo anterior lo fundamentó Cachigua como profesora e investigadora.

"Ahí nomás, Harry, se unieron en matrimonio un hombre de Veracruz con la mujer que se hizo pasar por soldado después de huir desde Baracoa…"

"A ver, explícame eso".-preguntó ansioso el bisnieto

Cuentan que tuvo un pretendiente sin suerte que su padre decapitó cuando éste intentó seducirla.. Por esa razón, se decidió un buen día a escapar disfrazada. Al ser interrogada sobre los detalles adujo que no tenía la mínima idea de cómo la habían colocado en la bodega del barco en que arribó a México.

"Parece una telenovela, Cachigua."

"Tal vez…. Marisela Legrá era rubia, como el sol de ese retrato. El oficial González que le propuso matrimonio, partió junto a ella para fundar la nueva ciudad en California."

No en balde Shirley se bautizó como católica en México y terminando de convertirse en hispana, concluyó esta retrospectiva que según sus propias confesiones le sirvieron a Harry para aclarar muchas lagunas correspondientes a sus orígenes.

"Estoy muy cansada. Cuídate. No se te enreden las sospechas, las dudas con las realidades. Enamorarse de una muerta es algo raro pero no debes temer. No eres el primero."

"¿Seguro? Me da mucha vergüenza."

"Hijo, es muy complicado y tendrás que hurgar bastante para encontrar la verdad. Ya…, ya. Un abrazo es suficiente."

"Nos vemos pronto abuelita."

"¡Ojalá! Consulta a un psicólogo o a un médium, por lo de la Maritza."

"¡Mierda!"

"Respeta cabrón"

"No jodas abuelita".

"Tu caso se cierra después de recorrer el camino de la serpiente."

Un viaje a las tinieblas

Previo al encuentro sin demarcaciones, cuando aún no se había sumergido en las profundidades de los sentidos sin límites ya Harry había revisado las conclusiones del doctor Wilson. Inspeccionó los datos, observó las fotos de supina, del lado izquierdo y el derecho, así como de espalda. Conversó luego con Paul, el forense auxiliar y finalmente sostuvo un intercambio con Andrew. Todas estas acciones precedieron a su lección sobre genealogía familiar en casa de su bisabuela. Frente a la pantalla Harry quiso experimentar una lectura crítica sobre el reporte forense.

La occisa presenta una fractura en la parte lateral derecha interior del cráneo. No se aprecia en una radiografía común porque la ruptura de los huesos sólo puede determinarse por los fragmentos milimétricos reconocibles en un examen más a fondo. La ruptura de las conexiones nerviosas del cerebro fue causada por una onda expansiva. Además de una profusión masiva de tejidos afectados, el deceso provino de una conmoción cerebral generalizada. Como consecuencia de una caída, un hematoma de aproximadamente siete pulgadas de extensión cubre la otra sección de la cara, incluyendo el hueso maxilar. Basado en la profundidad

y dimensión de las heridas, fracturas y contusiones consideramos que la occisa fue lanzada de una altura de alrededor de unos seis a ocho pies. Por tanto, arribamos a las siguientes conclusiones:

1. **La muerte fue resultado de un homicidio.**
2. **Los daños cerebrales descritos y el fallecimiento de este sujeto muestran lastimaduras generalmente infringidas por un experto en artes marciales.**
3. **Por la situación de los hematomas y fracturas, así como la coagulación y rigidez del cadáver, esta debió morir un par de horas antes de ser arrojada al canal.**

Harry tomó el reporte y lo releyó un par de veces. Subrayó los detalles que le parecieron más oscuros mientras marcaba las situaciones de interés en aquellos puntos más evidentes. Colocó el documento a un lado y volvió a las fotos de la computadora. Los ojos de la víctima se abrían hermosos y tentadores. No habían sido destruidos ni por los golpes ni los desplomes. Sintió vergüenza nuevamente por esa necrofilia sin sentido.

Ya pasadas unas horas el semblante de Maritza parecía esconder el pavor que él apreció allá por la cuneta. Las formas se mantenían a la perfección, con excepción de la mejilla destrozada donde abundantes coágulos sanguíneos habían cambiado el color de la piel de un ámbar claro a morado oscuro. Las otras partes, bajando por la anatomía del cuello, los pechos y toda la región del abdomen y las caderas, incluyendo las últimas líneas de los tobillos y sus pies afloraban con suntuosa perfección tal como los contempló la primera vez cuando se obsesionó con ellos. "Lástima carajo" "¡qué desperdicio!"." A las buenas se las llevan y las pecadoras andan por ahí chupando como sanguijuelas. Si yo la hubiera conocido antes, nada le hubiera sucedido. ¿La habrán violado?" Esa meditación lo atormentó mientras tomaba apuntes y se empeñaba en crear un esquema de suposiciones y teorías. **"El sujeto muestra señales de actividad sexual previa al deceso sin ningún síntoma de violencia asociado. Muestras de semen cuyo ADN no ha sido aún identificados, indican que el coito sucedió en tiempo cercano a la defunción. A continuación se describen las señales de intervenciones quirúrgicas:**

1. **En el seno izquierdo, una cicatriz, resultado de una extracción de nódulos presumiblemente no cancerígenos.**
2. **En la sección del estómago hay dos cortaduras, una probablemente congénita y otra por cirugía de apendicitis.**
3. **En la parte inferior abdominal se percibe la extracción del órgano vesicular.**
4. **La cara recibió procedimientos cosméticos en el área de los ojos. La piel de la frente y las mejillas contienen restos de Bótox y trabajo de láser.**

La temperatura corporal, el grado de coagulación y otros detalles típicos most-mortem indican la hora del fallecimiento ente las diez a las once de la noche. No hay señales de enfermedades recientes. Daños y lesiones posteriores se notan por todo el cuerpo según lo explicado más arriba.

Por lo tanto, se dijo el sargento, la niña no era tan santa a menos que la forzaran en ausencia del esposo. Ahora bien, no existen evidencias de violación ¿Juan Carlos Escribá, el amante desconocido? ¿Por eso terminó demandándolo? ¿Colaborará Yumilka para encontrar una pista? Volvió a sus apuntes y a llenar el esquema de dudas, conclusiones e hipótesis. "Lo más probable es que tenga que reconstruir los detalles de su carácter. ¿Quién fue en realidad? Me gustaría escuchar su voz, la entonación de sus palabras y los gestos de su cuerpo y de su cara. ¿Eso, palabras...cuáles? ¿Qué palabras prefería? ¿Cuál fue su platillo favorito? ¿Bailaba salsa y tomaba cerveza, ron, vino o era una adicta a las drogas y al sexo?" Revisó el expediente forense nuevamente. Pudo apreciar las notas del doctor Wilson donde se detallaba claramente la presencia de diferentes medicamentos, incluidos el Valium. Necesitaba conseguir su récord médico, a lo mejor arrojaría algún detalle clarificador. Su compañero había sugerido también la posibilidad de revisar el reporte sobre el presunto ataque del que fue víctima y que terminó arreglándose en corte. Leería de nuevo la declaración de Maritza. Allí habría indicios que tal vez obvió la primera vez. Repentinamente, una llamada telefónica interrumpió su trabajo y lo obligó a poner a un lado sus razonamientos.

"¿Andrew?"

Harry, el esposo sigue sin aparecer. Le solicité al antiguo abogado la información completa de lo sucedido en la fábrica. Me explicó que existe una deposición con algunos detalles relevantes para esta investigación. Bueno, algo hemos leído de eso. ¿No? El marido preparó un documento con lo que le describió su esposa y después los tradujo antes de entregarlo."

"Por cierto, Maritza tuvo sexo poco tiempo antes de que la asesinaran".-le dijo Harry

"Leí algunos particulares al respecto en el reporte del doctor Wilson. ¿Ya contactaste a Paul? Nos ha sido muy útil en el pasado. Así nos dividimos con lo del abogado y el barrio. ¿Harry?"

"Perdona, Andrew. Estaba reflexionando. Sí, vamos a seguir tu plan y luego me acompañas a **Corazón Heart**. ¿De acuerdo?"

"Te llamo luego. Voy para la residencia de la muerta."

Cuando Harry llegó a la morgue no quiso observar nuevamente el cadáver. Le pareció una profanación innecesaria relacionada con todas esas retrospectivas adonde veneraba con sentimientos más allá de lo usual a un cadáver a punto de descomponerse. Esa visión romántica y enfermiza nacía de imaginaciones y sueños indebidos, producto de imágenes que ni un poeta del terror hubiera concebido. Observó las gavetas refrigeradas con disimulo. Paul pareció adivinar sus tribulaciones con no poca picardía.

"Por favor, no la abras que sólo vine a escuchar tu opinión. El doctor Wilson ¿dónde se encuentra? Paul, ¿a la mujer la violaron o fue consensual?"

"Wilson no está. Ya sabes, Harry, cada día más viejo. Estuvimos conversando y me explicó que no, definitivamente no apreció ninguna rasgadura típica de las violaciones. ¿Qué te pasa? ¿Te asombra o simplemente te molesta que haya disfrutado el último de sus placeres momentos antes de morir?"

"-Fuck …you, Paul. La mujer estaba todavía atractiva; pero no… nada personal. Tú me conoces."

"La cosa no parece totalmente clara. Pero quién sabe… ¿y si fue por miedo que cedió?"-sugirió Paul- "Los músculos de los brazos se encontraban muy tensos y probablemente no lo ocasionó la rigidez cadavérica. El doctor Wilson cree que la sujetaron con fuerza. ¿Quién sabe si el tipo se las ingenió para inmovilizarla con una llave u otro tipo de ardid? Piensa. Si llegó allí envuelta en algo o simplemente vestida y las ropas no estaban rasgadas quiere decir que o bien la mataron en la cuneta o la trajeron allí ya muerta. ¿Residía lejos de la escena del crimen?"

"No tanto. Paul, tú no debiste estudiar medicina. Tus hipótesis son de lo mejor. Y lo rápido que llegas a conclusiones. Bueno, la experiencia ayuda, pero sin una mente analítica como la tuya, pues sería imposible... a menos que tu imaginación invente todos esos detalles, man."

"Gracias por el cumplido. Si yo estuviera en tu posición buscaría alguna evidencia en su casa o en el barrio, tal vez incluso rastros de semen. ¿Quién sabe, Harry?"

"Good!. Luego te hablo si te necesito."

Cuando tomó el coche, concibió una Martiza ya no tan ingenua ni pura. Encendió el motor y escuchó los ocho cilindros funcionar y fue como el macho alimentado que sale a cazar hembras. Recordar a Yumilka, en cambio, sacudió la parte baja del vientre y un cosquilleo recorrió los entronques de sus miembros.

Al regresar del bulevar Wilshire, probaría nuevamente el caldo y la carne de la secretaria que invadió su residencia con todas las artimañas que no se escapaban de sus pensamientos. Pero en ese instante, dobló en la Pacific y la Colorado, hacia la Autopista Cinco. A la salida de Los Félix tomó la senda que lo comunicaba hacia la Vermont. Esa avenida y sus tiendas y plazas se van moviendo de Norte a Sur hasta cruzar las arterias más importantes. "Bueno... bueno"- se dijo- pensando que estaba de nuevo en esa vía repleta de coreanos, tailandeses, vietnamitas y sobre todo de hispanos. Reflexionó también acerca de los carros que recalientan el aire y los nervios de los conductores estresados y para colmo martillados por bicicletas imprudentes y autobuses que perturban el tráfico.

Cuando Harrry acabó de revisar el arcoíris de las razas y el fluido de vehículos se topó con la Wilshire. Se imaginó a Maritza entrevistándose con el abogado que le prometiera ventajas, recompensas y cura a sus lesiones. Entró al despacho y solicitó una copia del expediente y las declaraciones de la compañía que fueron utilizadas en corte. Visualizó a la víctima enfrentándose a Juan Carlos Escribá, un mujeriego corrupto que usaba el poder para imponer su voluntad con la comodidad del que aprovecha las ventajas del capitalismo ultramoderno adonde no hay contrato ni derechos ni beneficios que no sean el verbal y caprichoso de alguien que protege a quien quiere y desprotege a quien hace ruido en el sistema. De contratos ni se habla porque para qué papeles ni firmas ni nada. Maritza con sus quejas y su demanda ponía el dedo en la llaga. El abogado Hursh le describió detalles no completamente claros. El tipo parecía confianzudo y hablador.

"El resumen se lo preparo en seguida."

Harry pudo hurgar entre los vivos y así "escuchar" a Maritza por segunda vez. En su viaje hacia la muerte aquella mujer hermosa se describía a sí misma. El sargento añadía datos y pequeños detalles que completaban un tanto la personalidad de la señora Legrá.

"Extraño eso de que se haya suicidado. A mí Juan Carlos, su harem y todos sus secuaces no me inspiraron nada de confianza desde el primer día.""

"¿Por qué lo dice? ¿Tiene alguna evidencia, consejero?"

"¿Evidencias, sargento?... No exactamente, pero mentiras. Eso sí. Muchas, muchas mentiras."

¿Dónde está el ingeniero?

Pedro Gámez, ingeniero químico y recalificado años después como especialista en computadoras aprendió parcialmente el inglés en Cuba en una escuela privada que fuera luego confiscada aun siendo niño. Más tarde completó su educación en California lo que facilitó su ascenso y adaptación en su nuevo país.

Harry tomó lo anterior con sorpresa, especialmente después de observar los hispanos recientes, quienes se resistían a asimilarse. Ni siquiera los nuevos cubanos se amoldaban y actuaban muy diferentes a aquellos que recibiera Glendale allá por los sesenta y setenta cuando se asentaban en esta ciudad californiana que no gustaba de extraños. El hombre, le dijo Andrew, se diplomó en Santiago de Cuba y perteneció a la Academia de Ciencias de su país adonde frecuentó a Arquímedes Columbié, un físico notorio que revolucionó la lluvia provocada en el Oriente de Cuba.

"Lo hemos buscado por todas partes. Incluso notificamos al departamento de Seguridad de la Patria y ellos nos prometieron la mayor ayuda posible." Comentó Andrew quien vino a juntarse a Harry camino a la fábrica de válvulas del corazón.

"¿Y los puertos de salida y entrada?", preguntó Harry mostrando impaciencia por haberse perdido detalles de esa pista.

"No hay récord de que haya reingresado al país. Ten en cuenta que pudo haber salido por Tijuana. Nuestros agentes federales le han pedido ayuda a los de México; pero tú sabes cómo tarda todo eso, si es que algún día llega alguna respuesta. Por cierto, ¿te encontraste con Yumilka,... verdad?"

"Preferiría no hablar de eso ahora. No me arruines la fiesta, por favor."

"Bien, estuve revisando el expediente del esposo. Llegó acá en 1997. Dos años después había completado una maestría en UCLA. Pidió algo de dinero por aquí y becas por allá. Ya en el dos mil ocupaba una posición importante en una compañía ubicada en Sunland. ¿Inteligente el hombre? ¿No? Luego agarró una credencial de colegios comunitarios y comenzó a enseñar en Glendale College. Se naturalizó en el 2002. Ésta es la foto."

"Un tipo re flaco. Probablemente no era muy feliz con su esposa."

"Los vecinos afirman que no hay señas de disputas y que el matrimonio tiene un par de hijos. Estuvimos tratando de localizarlos. Poco tiempo después de llegar de Cuba, ingresaron en la universidad y se separaron de sus padres; aunque según algunos entrevistados parecían llevarse muy bien con ellos."

"¿Y no hay indicios de algún intruso? ¿Tal vez un amante?"

"No. Bueno,.. Al menos no conocido. Alguna gente menciona a un individuo que los visitaba con frecuencia y a quien Pedro, el esposo, presentaba unas veces como primo y otras como sobrino. Muchos en el barrio pensaban que era incluso su hijo."

"El caso se pondría muy interesante si logramos entrevistarlo. Hasta ahora no hay muchos indicios sobre ese sujeto"

"Ok Harry."

"¿Sabes si Pedro Gámez fue visto para cuando ocurrió el crimen?"

"Definitivamente nadie notó su ausencia. Andaba por uno de esos congresos de disidentes cubanos. En cuanto al pariente o quien fuera el tipo, estacionó frente a la casa de Maritza la misma noche del asesinato. Helen, la testigo, no me pudo confirmar cuando se fue ni si pasó allí mucho tiempo."

"Yo creo que pudiéramos invitar la vecina a trazar un dibujo de este personaje misterioso. Bueno, quizá podamos averiguar también en **Corazón Heart,** Andrew... ¡Buen trabajo!"

Harry sopesó cada uno de los individuos considerados como enemigos de Maritza. No suprimió tampoco al esposo como sospechoso debido a esa misteriosa desaparición, esa coincidencia con la muerte de ella. Por otro lado, después de hablar con el que fuera su abogado y hojear su expediente, llegó a ciertas deducciones que intercambió con Andrew

"Creo firmemente que no debemos descartar en modo al sujeto que supuestamente la amenazó en su antiguo centro de trabajo. Incluso Juan Carlos Escribá abundaba en razones suficientes para una venganza, especialmente después de la demanda y a pesar de todos los esfuerzos que hizo para evitarlo. La suma otorgada por el juez es considerable."

"¿De qué hablas hombre?"

"¡Humm! Sabroso el aroma ¿no crees Harry?"

El olor a ajo, cebollas y pimentón invadía el espacio en que ambos inspectores esperaban el cambio en el semáforo. La parrilla armenia exhalaba lo mejor de sus atributos culinarios. Enfrente, un establecimiento mexicano pugnaba por obtener su reconocimiento. Al aparecer la luz verde, los dos policías en una coincidencia nada ajena a su rutina, pensaron que al volver de la fábrica podrían almorzar en uno de esos lugares. Había viento y los árboles que no eran abundantes se entremetían en la atmósfera del boulevard San Fernando. Andrew y Harry meditaban sobre la suerte del ingeniero. Los servicios de Seguridad de la Patria, el FBI y otras organizaciones de inteligencia le habían notificado sus sospechas acerca de la existencia de un agente cubano en el área. No lo vinculaban directamente al cónyuge de Maritza; pero no se descartaba que alguien tan activo en la política disidente estuviera fuera del alcance de los brazos de la isla. Tenía un familiar en Arizona, pero no se había confirmado aún el presunto parentesco del individuo que lo visitaba asiduamente.

"Ten cuidado, Mira al re singado enano. Y todavía, va y nos demanda!"

"Y tú lo dudas. Tal vez el único vehículo que había montado ese estúpido, fue el autobús que lo condujo a Tijuana."

"Yeah,...En mi familia también hubo gente emigrante que no siempre se comportó civilizadamente y que fueron una vergüenza hasta que se mudaron para Saint Luis. Mi papá, todo lo contrario... tan callado y sobrio. Creo que un pariente tuyo, los espantó y se largaron bien lejos."

"No jodas! ¿Tu papá conoció a mi abuelo?"

"Claro que sí. Él me comentó que tenía fama de duro. Menudo problema nos buscaríamos en esos días, si nos hubiera sorprendido con estos "joints." A lo mejor el tal Pedro Gámez con su aureola de patriota cubano andaba en algo chueco. Uno nunca sabe. Un momento...Es de la oficina forense, para ti, Harry."

"Hi Paul, ¿tienes algo nuevo".

"Harry, estoy por el parque Verdugo. Aquí hallamos al tipo."

"¿A qué te refieres, hombre, de quién estamos hablando?"

"Creo que encontramos el cadáver del esposo de Maritza."

"Andrew, ...parece que el ingeniero apareció. Olvida a **Corazón Heart**."

Al escuchar las nuevas, las gomas del Mustang chirrearon y casi a la altura de la calle Western, con el tráfico bastante congestionado, Harry tomó la dirección norte. Luego de atravesar Glendale, se cruzó hacia la vía que va hacia la Crecenta. Llegaron al lugar en unos diez minutos. Luego de saludar a los oficiales a cargo, se dirigieron hacia el equipo forense y especialmente a Paul.

"¿Es ése?, por favor descúbranlo."

Luego de observar detenidamente el cuerpo, Harry pensó que el hombre no había sido tan alto. Tal vez entre cinco pies y seis pulgadas, o como máximo unos cinco con siete. Prendió un cigarrillo y se acercó al doctor Wilson.

"Heridas, armas. ¿Dónde fue que recibió el impacto mortal, doctor?"

"Si palpas la región occipital derecha puedes sentir un ligero crujir del hueso. En el laboratorio vamos a realizar los exámenes correspondientes. Pero estoy casi convencido de que este hombre murió por las mismas causas que la mujer del puente."

"Un momento. No se parece a la foto. ¿No crees Andrew?"

El cuerpo extendido, los policías, los forenses y la prensa se exponían entre las ramas secas y las hojas que cubrían la sección posterior del parque Verdugo. Curiosos trataban de hurgar tras las cintas amarillas y las barreras que impedían el acceso de vecinos que asustadizos sentían como una especie de mancha negra aproximándose a su entorno. Harry pensó en lo inútil de esta muerte y quién sabe si tendría algo que ver con lo que ellos investigaban. Hacia un rincón, distinguió a un sujeto vestido de negro, con todas las pintas de pertenecer a uno de los servicios de inteligencia. El individuo recorría con su mirada los espacios circundantes y acechaba con los instintos de un sabueso. Todo indicaba que esperaba a alguien. Efectivamente, una mujer con los ojos cubiertos por lentes negros se embarcó en un intercambio de palabras y gestos con el presunto oficial. Ambos notaron la presencia de Harry y a continuación lo llamaron con gestos amistosos hacia esa sección donde el parque se convertía en naturaleza casi virgen.

"Soy un agente secreto y ella también. No pretendemos interferir con sus investigaciones. Pensamos que tal vez ….".

"Con todo respeto, pero este es mi territorio, ¿Cómo puedo estar seguro de que tiene que ver con ustedes….?"

"Calma Harry. Hay un agente del gobierno cubano activo en el área y no hemos podido identificarlo. El muerto pertenecía a una organización que los Castro acusan de terrorista y que por cierto nos había pedido ayuda para desenmascarar a ese espía. Esto no puede ser un asesinato común. Ahí está tu parte sargento. Tal vez el caso de la mujer aparecida en el canal y este hecho, sean producto de la misma causa. Como ve, los delitos, unos estatales otros federales se cruzan."

"Bueno, y ¿dónde se encuentra el ingeniero?"

La mujer de las gafas negras se encimó hacia Harry para tomar la iniciativa. Le pidió lumbre. Éste, a cambió, le gritó a Andrew que se acercara.

"Quizás haya noticias" le dijo ella al sargento.

"¿Qué noticias?"

"En San Diego encontraron un hombre con las mismas características de Pedro Gámez. En el puesto fronterizo afirman que cruzó la línea divisoria con un pasajero en su carro. Desafortunadamente no chequearon las identificaciones en las computadoras. Todas las agencias involucradas, incluyendo la policía local están tras la pista. ¿Y a qué no imaginan?"

Ahora no eran sólo Harry y su compañero Andrew. El miembro del FBI también prestó atención. Ella se excusó con todos luego de que sintió el vibrador del teléfono. Cuando terminó se les acercó.

"El arma del crimen se repite. El cadáver de la frontera presenta los mismos síntomas que Maritza, la víctima de Glendale. Creo que el asesino está fuera de control."

La ruleta del corazón

El ruido de las máquinas era demoníaco. Los obreros cubiertos con sus batas azules recibían el aluminio en sus cuerpos y el polvo, mezcla de plástico y metal lo invadía todo. Las paredes sudaban partículas y humedad. Los enormes extractores completaban los sonidos que robaban los espacios y los oxígenos necesarios para los empleados. La cara de la hispanidad resaltaba por su diversidad. No obstante, el tinte moreno predominaba sobre las otras tonalidades. Los acentos como mezclándose, incluían las variadas entonaciones y olores que venían con los aromas de sus comidas.

Las ocupaciones de algunos obreros llamó la atención de los policías. El piso de la factoría aparecía inundado de partículas. El precio de ellas era suficiente para pagar por recogerlas. Un constante remolino de polvo envolvía a los que laboraban con las válvulas en el enorme almacén. Cada una de ellas costaba miles de dólares y los plásticos y metales que rodaban fuera de las estaciones de trabajo significaban mucho efectivo. La mayoría de los empleados llevaba puestos audífonos especiales con la función de protegerlos del bombardeo de decibeles.

Salvador Rosales inspiraba respeto a algunos, disgusto a otros y cierta admiración a algunas. Tenía varios parientes en el lugar y por eso del jefe que le menoscaba autoridad, no abusaba de su posición de mayordomo.

En una esquina, Yumilka vigilaba a las mujeres que osaban fijar sus ojos en la mesa de Juan Carlos. El teléfono sonó y la secretaria respondió tratando de no levantar sospechas. El jefe trató disimuladamente de ignorarla. No pasó un segundo cuando ella le informó de la presencia de los dos policías, incluyendo el tal sargento Harry González.

"Están allá afuera estacionando el carro. Dicen que necesitan hablar contigo y con otras personas."

"Dicen son muchos. ¿Quién dice?"- preguntó Juan Carlos.

"El sargento. No vuelvas con las intrigas. ¿Cómo te fue con la nueva?"- refutó Yumilka.

Sin apenas inmutarse, Juan Carlos asumió una actitud de hombre ofendido por el comentario. Trataba de aparentar mucha seriedad. Pero contrariamente a lo que trataba de representar, no reprimía en lo más mínimo sus deseos cada vez que contrataba una muchacha nueva. Si ésta se dejaba guiar por los cantos de sirenas, los mezquinos regalos ¡Pum!, caza asegurada, como había sucedido con la nueva amiguita.

Juan Carlos pensó que su esposa lo había engañando. Ella fue muy hermosa cuando joven pero después de los cincuenta creyó que el sexo no tenía ya sentido. Ignoró las aventuras de su marido y como resultado de las diferencias, cada uno vivía por su lado. Se sintió muy enojada cuando conoció la demanda de Maritza y más aún luego de la concesión de una recompensa que ella consideraba injusta porque había mermado su patrimonio por la ineficacia de su marido, más interesado con las faldas que en el orden de la compañía.

Cuando los dos detectives pisaron los predios de **Corazón Heart**, éste se encontraba entre los conjuntos laborales más eficientes de su tipo en todo el sur de California. La empresa madre entregaba premios casi mensualmente a su contratista general y presidente de compañía asociada. Juan Carlos Escribá sacaba jugosas ganancias de esos premios y redistribuía bonificaciones a su antojo. Sin embargo, en ese lugar la mayoría decía sentirse como en familia. Encontrar algún que otro personaje descontento, se hallaba entre los objetivos de Harry. Según Yumilka, los tíos se movían mayormente frustrados por sus intentos de establecer un sindicato "¿Para qué? Juan Carlos Escribá es la persona más buena del mundo? "Le había dicho. "Es como un pan. Ayuda a todos."

Con disimulo, buen tacto y algunas preguntas oportunas Harry descubriría la cadena de amistades y familiares que se entrecruzaba de manera similar a un tejido de lana. No había disputas mayores, le afirmó Salvador Rosales. Lo demás... chismes e infundios. Maritza y la amiga que se había largado a Arizona parecían la excepción.

Al revisar los expedientes legales, Harry descubrió cómo el presidente de la compañía había actuado de forma negligente. Al menos, en la demanda ganada por la fallecida, eso fue un factor importante a la hora de otorgarle una recompensa por lesiones en el puesto de trabajo.

"Se me cae la cara de vergüenza. Oiga, que Juan Carlos es un hombre malo. Aquí todos o casi todos le deben dinero"- le contó Nirva Manzanares.

María, "la India" fue un poco más divergente en sus afirmaciones. Les contó cómo había sido objeto de discriminación. También les comentó que Juan Carlos Escriba era un perfecto hipócrita y un mujeriego sin pito suficiente que prefería, lógicamente, el sexo oral. Les recomendó que ignoraran las declaraciones de Nirva porque una mujer que se la daba de amiga de Maritza y que luego la desacreditara, no merecía crédito alguno.

Por otro lado, en la compañía no se hacían muchas preguntas ni tampoco se ofrecían los beneficios comunes de otras empresas. No se solicitaban ni hacían falta papeles para emplearse. El único contrato si es que existía alguno se mostraba únicamente en las tarjetas de pago. Pero ojo. No todos los enlistados aparecían con su verdadero nombre, ni siquiera con un seguro social. La política de Corazón Heart era simple. No preguntas, ni permiso de trabajo. El patrón afirmaba que en su compañía todos se empleaban con papeles. De las reglas se ocupaban Salvador y Yumilka quien actuaba como faraona. El contratista Juan Carlos Escribá repetía que sus contratos se cerraban verbalmente. Él no creía ni en papeles ni en firmas.

"En **Corazón Heart** no hay tiempo para protestas. Te tratan con respeto y como un ser un humano. Sólo la gente desagradecida, los abusadores buscan aprovecharse de una joven inexperta o del pobre indito que apenas habla español. Esos sí se prestan a los rumores y las habladurías. Son pura basura...mierda" le dijo Hipólita, una de las cubanas preferidas por el dueño.

Aún con las memorias del hombre muerto en el parque Verdugo, y a pesar de la visita a su bisabuela, Harry volvió a sentir esas reacciones de desagrado cuando se movía en un ambiente hispano. Agarrándose la corbata, inflando el pecho como era su costumbre, seguía sus pesquisas y buscaba con insistencia a Yumilka que parecía esquivarlo.

"Tú actúas demasiado rígido y tomas las cosas muy en serio. Te portas tan trágicamente como los hispanos y aunque no te guste tú eres uno de ellos."

"Ok Andrew, vamos a trabajar. Sigamos buscando datos."

El sargento se acercó al supervisor asistente. Del sujeto le habían comentado muchas cosas; pero del informe de Maritza pudo inferir que el tipo era no sólo escurridizo sino también difícil de confiar.

"Yo no sabía nada. Usted le puede preguntar aquí a mucha gente que esa señora se pasaba de problemática y conflictiva. Vivía imaginando cosas. Y nunca me negué a prestarle ayuda...oiga y ni le cuento lo que ella inventó de mí.", le comentó Salvador........

"Pero, ella le solicitó auxilio ¿no? ¿Y usted se la ofreció inmediatamente? ¿Es cierto que tiene familiares en la compañía?"

"Son muchas interrogantes sargento. ¿Estoy bajo investigación? Mi esposa le puede confirmar que yo permanezco en mi casa todas las noches."

"Está bien. ¿Puedo hacerle una última pregunta?"

"Ok, adelante sargento."

"¿Es cierta la afirmación de que el patrón le ha quitado la autoridad con frecuencia?"

El tal Salvador pareció sometido a mucha presión aun cuando no mostraba interés alguno en agregar leña al fuego al asunto de Maritza. Él fue descrito como uno de los actores principales en la deposición de aquella y su negativa de prestar auxilio como supervisor asistente había sido tomada muy en serio. Es más, su denegación, acabó por hundir la compañía. A pesar de ello, al sargento no le pareció sospechoso del crimen.

Cuando Harry enfrentó nuevamente a Juan Carlos Escribá podía ya deducir la red de corrupción, favores al azahar y la falta de beneficios de la compañía. Las horas extras se contabilizaban de una forma muy curiosa... Nada... buen material para el Departamento del Trabajo.

El sargento González notó la presencia de indocumentados. Y resultaba lógico en medio de una compañía que no llevaba controles estrictos. A alguien se le escapó que Juan Carlos Escribá tenía un sobrino que trabajaba en Emigración y Extranjería. Sin embargo, lo que sí molestó a Harry fue lo poco que se recordaba a Maritza. Todos parecían ignorar que alguna vez laboró allí y su nombre sonaba a prohibido.

"Harry"-le dijo su compañero.- "Me parece que nos llama la de la CIA".

"Creo que le caes bien Andrew."

Un tanto pensativo y sin inmutarse, refiriéndose a la agente como una bruja, el sargento le pidió a su compañero que recibiera la llamada. Él no estaba de humor para escuchar mujeres arrogantes. Pensaba en cómo se las ingeniaría para encontrarse nuevamente con Yumilka. Además quería indagar un poco más en el presidente de **Corazón Heart.**

"Te veo luego."

Pensaba en Yumilka y su cuerpo delicioso pero volvió de nuevo al malicioso ensueño de la Maritza muerta. En el camino le preguntó a Gurrumina, la negrita si había visto al innombrable joven del cuchillo. "Ya se lo dije antes, yo no sé nada." Se acercó entonces a Milagros con la intención de conseguir algo más. La mujer, probablemente, otra víctima de las manos de Juan Carlos tampoco le proveyó información. Stacy, la joven mexicana se lo había sugerido: "Yo creo que unos veranos atrás hubo algo entre ellos mientras Yumilka andaba de visita por Cuba."

"¿Y tú?" -Preguntó Harry como buscando escarbar en la hojarasca vertida sobre el césped.

"Sargento, lo que pasó…pasó."- tarareó la muchacha con referencia a uno de los sonidos de moda. "Ahora la favorita es una nueva. ¿Está usted soltero?"

"Gracias, no buscar nuevas relaciones. ¿Dónde puedo localizar al que amenazó a Maritza?"

"Pero le gusta Yumilka. Tenga cuidado. ¡Ah, se refiere al que dizque la amenazó! Hace tiempo que no lo miro por acá. La última vez estaba en el turno de noche. ¿Por qué no le pregunta al jefe?"

Ya superados los obstáculos y obviando los detalles de los interrogatorios, sólo le quedaba Juan Carlos Escribá. Harry debía concretar una plática aclaratoria. O éste presentaba su justificación o lo ubicaba en la lista de sospechosos. Si no quería pues, para eso se escribió la quinta enmienda de la constitución. Ahora sí, que buscara un buen abogado.

"Mire. Aquí hay unos puntos oscuros que preciso esclarecer. No tengo tiempo ni para adivinanzas ni para juegos."

"¿Estoy bajo arresto? Yo no tengo intención de responderle nada y menos si tiene que ver con la Maritza. Ya bastante dinero he perdido. Con su permiso."

"Un momento... Andrew! Llévatelo por favor. Quizá en la comisaría se comporte más amable. El señor se niega a colaborar."

Cuando la
justicia manda

La verdad saldrá a la luz. Todo llega a su tiempo y la justicia no puede taparse con sobornos ni mentiras. Basta de chanchullos inútiles. Me gustaría que evitaran esas preguntas capciosas y de doble sentido. Lo afirmo porque he sido víctima de represalias en mi trabajo; pero no me voy a asustar ni pueden ni traten de callarme.

Harry recordó las palabras de Maritza en su declaración a los abogados de **Corazón Heart** e imaginó la presión a que estuvo sometida. Leyendo esa deposición, el sargento González pudo apreciar el carácter de la mujer que aún después de muerta unía temple a una belleza conservada sólo en las fotos que se almacenaban en su casa y en las evidencias de la policía. Siempre le gustaron las mujeres fuertes. Escoger una pareja de temperamento suave le hubiera permitido llevar una vida más pacífica y familiar pero él prefería la hembra valiente y llena de energía. Por eso Yumilka con esa sexualidad que le respiraba por los codos también lo cautivó. Ahora bien, si hubiera tenido oportunidad, indudablemente escogería a la primera.

El sargento desesperaba por conocer al presunto amante o violador de Maritza. No había ninguna evidencia de una conducta licenciosa por parte de la fallecida. En su declaración se mostró como una mujer de firmes convicciones. Su experiencia como investigador, combinada con algo de psicología lo condujo a la conclusión de que ella pudo sufrir de algunos problemas en su infancia y por eso desarrolló su fortaleza para auto defenderse. Que pudo ser feliz, tal vez, aunque no completamente. Esas ideas le vinieron a la cabeza mientras conducía a Juan Carlos Escribá a la estación; el tipo iba bien callado en la parte trasera del coche. Andrew no parecía convencido de ese arresto y se lo hizo saber a su pareja.

"I don't know Harry. Pienso que te has precipitado. No sé, no sé. De verdad que estás celoso, man."

EL sargento le echó una mirada demoledora pero eso no calló a su compañero quien se hizo cargo del detenido cuando llegaron a la estación. Había algo de cierto en esas acusaciones a pesar de que él nunca lo reconocería.

"Voy a echarle un vistazo a la casa de Maritza...Ya sé que estuviste por ahí; pero esta vez voy a entrar...tal vez encuentre algo."

"¿Y qué hago yo con éste? Tenemos que hablar sobre Latisha. ...Harry te estoy hablando."

"Nos vemos luego- le respondió el sargento- Sácale algo, no sé dame tiempo. Que confiese todo lo que pueda."

Al entrar al carro, tocó la palanca de velocidad. Arrancó el motor y se movió fuera del estacionamiento con calma y ceremonia. Ya en la calle presionó el pedal y alcanzó velocidad inmediatamente. Si no corrió más fue porque el congestionamiento del tráfico no se lo permitió. Se dirigió a buscar evidencias y tenía que encontrarlas. Sentía su cuerpo lleno de rabia y bien le hubiera gustado golpear a Juan Carlos Escribá aun cuando no era ésa su costumbre. Algo de confusión y también de envidia e indignación se mezclaban en sus sentimientos con respecto a ese individuo que conseguía todo lo que quería por su dinero y posición. Su poder rompía cualquier barrera y probablemente Yumilka se había negado a recibirlo por la presión de su jefe. Harry se detuvo frente a un semáforo. Alargó su mano y tomó la copia de las declaraciones de Maritza. Releyó aquellas partes adonde se explicaban las causas de su estrés y las situaciones que sufrió en el trabajo.

Yo había visto cosas mal hechas y fui víctima de bromas constantes. Incluso me destruyeron los reportes de trabajo que se utilizaban para recibir pago. Imagínese, hasta enviaron mensajes pornográficos a mi casa. Yo sospechaba de Milagros y de su hermano; ellos no tienen escrúpulos y todos saben que él conoce de computación. La otra, Hipólita siempre me cantaba melodías con ironías y doble sentido y Florinda aunque no actuaba tan agresiva, se reía casi siempre cuando yo pasaba cerca de ella. Todo se debe a Yumilka, la secretaria que se enceló conmigo porque el patrón me elogió por mi trabajo. Al principio fue lo que pensé; pero entonces hubo momentos en que el hostigamiento parecía no sólo un modo de controlarme; sino incluso de forzarme a que renunciara. Juan Carlos se me insinuó en más de una ocasión pero yo siempre me le negué. Él es muy sinvergüenza y lo peor viene si él quiere contigo y tú no te dejas. Ahí vives tu infierno y es como si te condenara a que las fieras te coman viva. Y cuando Yumilka quiere deshacerse de alguien, resulta como una sentencia de muerte. Salvador es más hipócrita, haciéndose el buena gente; pero en realidad cubre todas las charranadas del jefe. Y también déjeme decirle que en ese lugar todo el que puede te acosa. Su hipocresía y mala voluntad fue más que clara cuando el muchacho me amenazó. Ya mi amiga había tenido sus roces con Milagros y si miento que la lengua se me haga chicharrones, como dicen los mexicanos. Cuando la empujó yo trabajaba en mi máquina, la misma que me asignaron y me rompió los oídos. Y la muy sinvergüenza se las arregló para llevar gente a la corte. Como yo declaré frente al juez; pues,... me busqué la fiesta y luego me atacó verbalmente. Cuando me quejé, en vez de socorrerme, me acusaron a mí de problemática e incluso tuve que pedirle a mi esposo que me ayudara. Al final, Juan Carlos reconoció que no había actuado correctamente. Pero lo peor ocurrió después cuando la policía vino por el tipo que me amenazó. Ahí sí que me sentí sin ningún tipo de apoyo. En Corazón Heart el que no tiene papeles es el rey; pero si eres seria y legal pues o te domas o te largas. Allí hay que ser parte del grupito de preferidos y el día que ya no te quieren más se acabaron los favores y le repito, si no le ríes o te le rindes al patrón pues te tratan como un cero a la izquierda. Mi amiga se tuvo que marchar. Ella asegura que la despidieron porque no se dejaba tocar el culo, perdón. A mí me sucedió lo mismo varias veces y fue así como me sentí tan estresada que ni reporté a la policía cuando me amenazaron la primera vez y sólo acudí por más ayuda médica. Ya había estado incapacitada anteriormente, hay pruebas en mi expediente aunque Juan Carlos lo niega e intentó hacerme desistir de este proceso. Le aseguro que él me llamó a casa para recordarme que el problema con ese tipo de gente es peligroso. Pero la verdad, él dejó a esa persona en su puesto y se sumó al hostigamiento que ya venía sufriendo por traer la policía que cometió el error de herir a alguien equivocado y para hacerlo más complicado, indocumentado lo que me ganó el odio de todos en la fábrica y especialmente, Salvador. Es su pariente y por eso me negó asistencia a pesar de que el tipo me agredió verbalmente. Allí campea una mafia.

En el momento que se bajó del auto, Harry concluyó que Juan Carlos Escribá tenía motivos suficientes para odiar a Maritza, pues en la declaración de ella se observaban los puntos débiles de aquel. La forma cómo dirigía su compañía y cómo éste había sido afectado por la demanda de la mujer era suficiente para satisfacer la lógica de sus razonamientos. El sargento miró a ambos lados, imaginó la presencia del amante de la cubana muerta y pensó en el escurridizo individuo que presumiblemente fue el último que la vio con vida.

"Aló ¡Qué placer Yumilka! Pensé que no querías hablar conmigo. ¿Tú... estabas escondiendo?"

"Sargento...."

"Oh, ahora soy sargento. Pensé que... podrías llamar por mi name".

"Ok. Harry dejemos nuestros problemas ¿cómo se dice... for later? ¿cómo la pasaste"

"Great wonderful. I have no Word to describe it. No sé cómo decir en Español ¿Nos volveremos a ver?"

"May be. Tal vez. Ahora tengo que colgar."

"Yumilka"

------ ....

"Shit! Esta mujer no tiene palabra"

Luego de expresar su frustración se dirigió a la casa de los Gámez. Tenía que aprovechar antes de que llegaran los hijos. Era gente amante del pasado. Los sofás, las mesas, incluso la vitrina ayudaban a crear el ambiente de la Francia del siglo XVIII. Lo rococó y las figurillas con pelucas se encargaban de ofrecer la ornamentación que para él era más que retro, kitsch. No obstante, no había venido para juzgar los gustos de esa familia. En un rincón especial de la sala mediana pero suficientemente espaciosa se ubicaban algunos ídolos similares a los de su bisabuela Guadalupe. Entre los dormitorios paralelos se extendía un pasillo y al final del mismo, a modo de las casas españolas antiguas de campo, resaltaba una cocina bien iluminada y con todos los instrumentos necesarios aunque demasiado limpia para haber sido usada con frecuencia. Abrió las puertas de cada habitación y en la más holgada encontró una cama gigante. "El lugar de las fantasías y las traiciones," pensó. Fue hasta el closet y caminó en su interior. No eran muy elegantes ni acomodados; pero de todos modos se detuvo exactamente frente a la lencería. En los colores vivos se imaginó a Maritza y sus partes semidesnudas. Su esposo no tenía nada especial: flaco, y tal vez bien armado. ¿Por qué lo engañaba? Buscó fotos y no encontró ninguna. En una coqueta descubrió un par de imágenes, un Certificado de Naturalización, diplomas y papeles. Pero los retratos no ofrecían nada nuevo. Los hijos se repetían en ellas como también se mostraban en los cuadros que esparcidos por la casa, sonreían con cierta arrogancia de príncipes venidos del Tercer mundo. Los compañeros sentimentales, los paisajes de Sidney y de España eran evidencias de la complejidad de sus vidas. Hurgó entre las cajoncillos; pero no encontró nada en particular. Obvió las gavetas laterales de la cómoda principal. Se sentó en el lecho para reflexionar. Ya había hurgado en los cuartos de la hija y del primogénito. Nada que no fueran diplomas de High School, fotos de amigos, tal vez parientes y algo en blanco y negro de los tiempos en Cuba. Lo mismo había descubierto en un álbum familiar. De las descoloridas figuras venía otro mundo, una cara infeliz y un documento sobre la prisión del ingeniero en la isla. Encontró reconocimientos y diplomas de Pedro Gámez por su participación en la causa por la libertad de Cuba. "Era muy activo el tipo. Me gustaría saber si le era fiel a la mujer y si tenía huevos para todas las cosas que probablemente planeó y apoyó." En el álbum encontró una representación de Pedro con Maritza y un rostro que le pareció similar a la descripción policial creada con la ayuda de la vecina que Andrew entrevistó. Tomó el cuadro y la guardó en una bolsa para las evidencias. Ya habían pasado la mano por allí los técnicos, probablemente tomando impresiones digitales. Andrew se había ocupado del asunto mientras Harry estuvo más ocupado con sus indagaciones fuera del área residencial y también con sus problemas sentimentales y de identidad.

Salió del dormitorio principal y abrió una recámara. Era como un estudio. Había una computadora personal, libros, archivos, una mesa con un estante superior para guardar no sólo material impreso, sino también música y películas. La habitación se mostraba repleta de ellas. Un ordenador portátil yacía a un lado del mueble con otros materiales, incluido una impresora. En esos momentos sonó su celular. Era la agente de la CIA, Latisha.

"¡Hola sargento! Está usted muy difícil de localizar. Su compañero, Andrew no respondió mi llamada tampoco."

"Ok, dígame. Me encuentro ahora mismo en la casa de Pedro Gámez. Déjeme enviarle por el celular, esta foto. El tipo-…."

"Un momento… lo siento por interrumpirlo pero lo llamé para confirmarle que el hombre muerto en San Diego es Pedro Gámez. Y murió con las mismas marcas y causas que Maritza y Rodobaldo Méndez que era el miembro de Alfa 66 que encontramos en La Crecenta. ¿Me decía de una foto?"

"Enseguida la envío, Latisha, y por favor, indague acerca de un tal Jesús, tal vez Gámez, con unos cinco o cuatro años en el país."

"Su departamento me mandó información sobre huellas en la casa. Son del matrimonio, los hijos y un tal

Jesús Gámez Limendú. Debe ser la misma persona. El tipo recibió la residencia permanente hará unos dos años."

"Por favor, me pudiera indicar más detalles."

"El individuo era pariente o amigo del esposo de Maritza. Le decían Chucho, natural de Santiago de Cuba y vive o vivía por Highland Park."

"¿Sargento González?"…..

Cuando Andrew, Latisha y el agente del Buró Federal de Investigaciones llegaron a la casa de Maritza, encontraron a Harry con un fuerte golpe en la cabeza, amarrado, con la boca tapada y sangrando. Casi todas las fotos habían desaparecido y se notaba que el estudio había sido saqueado. Una extraña comezón en la parte lateral izquierda de la sien molestaba al sargento. Había sangre en su oreja derecha. Luego de que los paramédicos lo dejaron en la sala de emergencia, lo situaron en un cuarto con protección policial en el Hospital Glendale Memorial. El profundo aroma a flores lo despertó. Su compañero, sonriendo le mostró a su bisabuela Cachigua quien había salido de su refugio sólo para darle ánimo.

"Buddy! te salvaste por un pelo. Llevas dos días inconsciente. El sangramiento fue cosa menor, sólo una cortadura. El doctor que te trató no sabe qué pasó ni cómo sobreviviste. Comparamos las radiografías con las tomadas por Wilson. Él piensa que el golpe fue con intenciones mortales pero no llegó a expandirse hacia tu masa cerebral por eso ahora podemos llamarte "Cabeza dura." ¡Qué Suerte tienes! Pensamos que el atacante debe ser el mismísimo asesino de los Gámez. Ahora sí se ha reducido el círculo de sospechosos. En **Corazón Heart** hay unos cuantos que lo conocen. La señora que me informó sobre el visitante nocturno el día previo a la muerte de Maritza, confirmó categóricamente que no había dudas.

"¿Y el que amenazó a Maritza en el trabajo?"

"Está detenido en un centro de inmigración. El muy estúpido se emborrachó cerca de Disneyland y lo agarraron sin licencia de conducir. Bueno, tú sabes cómo es la policía en Orange County. Se lo entregaron a la migra. Ahí está la razón de su desaparición. "–Respondió Andrew

"¿Y agarraron a Jesús? Él debe ser también el amante misterioso.."- le dijo Harry entre frustrado y turbado por la seriedad del ataque del que fue víctima. "Seguro se llevó toda la evidencia."

"Casi toda. En el garaje hay una caja de seguridad. Contenía las pertenencias personales de Maritza. Es algo raro, pero incluye cartas de familiares en México escritas casi en clave. También recibos de Western Union. Está también el permiso y los pasajes a Cuba".

"¿México? ¡Hum! Tendría parientes allí, tal vez un amante".

"Maritza contaba con un grupo de amigos muy limitado, Harry. Algunos compañeros de trabajo dicen que cuando volvió de la isla lucía diferente, como si fuera otra. Ya no trabajaba en la compañía; pero mencionan el detalle por las veces que la encontraron en la calle. Incluso su compañera que se mudó a Arizona, me sugirió que su voz por teléfono sonaba distinta. No sé qué decirte. Mira, todos decían que odiaba la música mexicana y Gurrumina se sorprendió cuando la vio comprando discos de rancheras, bandas y norteñas y le empezó a hablar de todos esos grupos de un modo que la dejó sorprendida.. En su celular, encontramos llamadas a Veracruz."

"Andrew. ¿A Veracruz? Oye, eso sí está raro."

¿Por qué no tienen firma?

¿CIA y FBI? Algo se traen estos. Harry pensó en cuanto vio a Latisha y Woodhouse, el agente al que nunca nombraban. Luego del intercambio de saludos, su supervisor sonrió. Él mismo le había indicado momentos antes de que era un hombre de mucha suerte.

"Y que incluso eso podría traerle un ascenso o un traslado a uno de esos órganos de seguridad federales."- le sugirió el capitán Margolis.

"Escucha. Sé cauto. Pueden apartarte de la investigación y quedarse con todo el crédito", le advirtió. "Para esa gente, nosotros somos mierda. Agradece que también quieran colaborar con el departamento de Glendale."

"Vamos a la fábrica de Juan Carlos Escribá. Las sospechas apuntan a que el presunto asesino no trabajó sólo. Ésa es una característica de los cubanos. Necesitamos pruebas y de ese modo parar esa ola de crímenes. Castro siempre se queja de que lo acusamos de espionaje cuando en realidad sus hombres sólo protegen a su país. Hemos recibido información relacionada con al menos un par de hechos violentos similares. Nosotros pensamos que usted tiene todo el conocimiento necesario para ayudarnos en este caso. Recibimos órdenes especiales para reclutarlo."- indicó el agente del FBI.- "Su entrenamiento, el haberse especializado en temas acerca de esa comunidad le colocan en una situación especial muy privilegiada."

"Pero yo no tengo amigos ni conocidos. ..."

"Está bien"- indicó Latisha- "ya conocemos de sus "issues" sobre los hispanos y cómo se crio mayormente dentro de la cultura anglosajona. ¿Entonces, dígame. ¿Cuál es su interés por Yumilka?"

"Bueno,...ésa es otra historia. No sé por qué la trae a colación."

"Relájese. It´s not a big deal. Usted tendrá sus razones; pero tenga cuidado: En este momento cualquiera pudiera estar involucrado. La cosa es que usted habla casi perfecto español y quizá tenga que viajar. Aún no lo sabemos ni estamos seguros. Ya contactamos a los federales mexicanos e incluso a la policía de Veracruz. Tal vez, se convierta en pieza clave para resolver este caso. ¿Usted sabía que Yumilka fue miembro del equipo nacional cubano de taekwondo?"

"¿Cómo?, está seguro de esa información?"

"¿Jamás lo notó?"-preguntó Latisha con curiosidad.-"es un error imperdonable. Tercer dan o algo así. Incluso, participó en una Olimpiada"

"Sí, y ganó una medalla de bronce. ¿Qué opinas Harry? Por cierto. Ella asiste al mismo gimnasio adonde tú vas. ¿Se llama….El Flautista Oriental?" – le puntualizó Bruce Woodhouse.

¿Yumilka le habría tomado el pelo? O tal vez fue una manera de los cabrones cubanos de acercarse a él porque así lograrían acceso a alguna información o eventualmente ya la tendrían. Él sintió que esa mujer lo había tratado como un idiota y eso no le agradaba nada. Tenía que confrontar a Yumilka, aclarar de una vez si se encontraron sólo como un juego o más bien como una tarea de inteligencia. No le gustó la idea de romper completamente con un placer que apenas se iniciaba y que le había hecho sentir cosas diferentes. No ahora cuando empezaba a interiorizar las lecciones de su bisabuela y a disfrutar su parte hispana.

El Juan Carlos no le caía nada bien. ¿Y de Maritza? "Tal vez, luego yo deba ofrecerles mis condolencias a sus hijos y prometerles que haré lo que sea necesario para traer al asesino a la justicia. Aunque tuviera que viajar a Cuba, aunque tuviera que enfrentar a sus matones." Pensó.

"¿Podría incluir a Andrew? Me levanta mucho el ánimo."

Los agentes de la CIA y el FBI se miraron para digerir lo que este nuevo y potencial asociado les acababa de proponer. Esta idea no se encontraba originalmente en los planes aunque no parecía tan descabellada y por lo tanto habría que consultar a los superiores. Luego de la conversación decidieron conferenciar sobre estos asuntos. Si esos agentes cubanos se habían infiltrado en oficinas federales cómo no lo harían en una simple dependencia local de policía.

"Sí, pero éste no es cualquier departamento. Es el departamento de Glendale. Aquí no hay traidores."-les expresó González con cierto disgusto."

El sargento utilizó el intercomunicador para llamar a Andrew y éste tardó en responder porque en ese instante revisaba algunos mensajes electrónicos y cuando él examinaba datos que le interesaban, era extremadamente cuidadoso. No pasó mucho tiempo cuando Harry golpeó la puerta de su compañero.

"Esto es serio. Por favor, deja los correos para más tarde."

"Paul mandó cierta información que complica el caso de Maritza Legrá."

"Qué pasó...algo nuevo?"

"Creo que las huellas de la mujer no coinciden con los récords de Inmigración."

Harry interrumpió bruscamente la conversación porque acababa de recibir una llamada de Woodhouse. Al abrir el celular pensó si ya tendría alguna respuesta acerca de su solicitud para incluir a Andrew en las pesquisas conjuntas sobre Maritza y el asesino. Del otro lado de la línea se escuchó cierto desespero y ansiedad por transmitirle algo importante.

"¿Ya revisó su correo sargento?"

"No, pero mi compañero me mencionó algo sobre las huellas de Maritza."

"Efectivamente sus impresiones dactilares no corresponden con los archivos del FBI. Latisha está contactando al INTERPOL y los Federales de México."

"De acuerdo. Voy inmediatamente para mi oficina."

Al terminar la conversación, Woodhouse recibió un mensaje de Latisha quien le pidió comunicarse nuevamente con González. Luego de disculparse por su nueva intrusión le notificó oficialmente de que era un hecho. Una usurpadora había tomado el lugar de Maritza. Evidencias tales como huellas dactilares y el ADN así lo confirmaban.

"Revisa tu e-mail y luego me llamas para discutir los hechos."

Andrew se unió al sargento para examinar las impresiones digitales de la supuesta Maritza. Estas diferían de las tomadas a la víctima a su entrada al país años atrás. Los dos oficiales de la policía de Glendale constataron que el fólder con las huellas recolectadas en la residencia de Pedro y Maritza serviría de mucho en este caso. La serie de retratos obtenidos allí revelaban a los esposos, a la difunta, a ambos hijos y por último al ingeniero. Un par de fotos recientes así como marcas registradas en unos objetos coincidían con la potencial usurpadora de Maritza. Lamentablemente, el presunto asesino y primo del esposo habría desaparecido con gran parte de las imágenes. Se notaba en el desorden de los sobres venidos de los estudios fotográficos y también en los marcos vacíos. Compararon las reproducciones tratando de encontrar algún rasgo físico que les permitiera diferenciar la mujer original de la impostora. En algún instante de sus observaciones, les pareció que el color de los ojos no coincidía. La mujer en la morgue los tenía ligeramente más oscuros. Pasaron unas horas y los agentes del FBI y la CIA no aparecían a pesar de su promesa de mantenerse en contacto.

"¡Hey!- le dijo Andrew- se nos va a pelar el culo."

"Estoy muerto. Nos vendría bien una poquito de yerba. ¿Qué?... y tal vez podríamos ir a donde tú sabes."

"Como usted mande sargento."

Compartir el enrollado de marihuana junto a un trago de alcohol, asistir a clubes de strippers, formaba parte del círculo de sus complicidades. Andrew disfrutaba particularmente del único lugar de ese tipo en la ciudad de Glendale adonde entre sus chistes y su buen carácter había logrado que alguna que otra bailarina le brindara una actuación personal que le sirviera más allá de sus cualidades. El sargento, sin embargo pagaba sólo eventualmente por esas sesiones individualizadas.

De pronto esa conversación impropia sobre sus vicios se vio interrumpida por un mensaje en el que le decían que "Había que buscar el ADN de la mujer original en cualquier documento o evidencia que aclarara esta situación tan extraña." Además, Latisha le informaba que ella y Woodhouse debían viajar inmediatamente a Washington porque la marca del asesino había llegado hasta la capital y por otro lado así tendrían oportunidad de consultar a sus superiores de manera más directa acerca del plan de acción que involucraría a ambos en la investigación. Por lo pronto, debían volver a **Corazón Heart**. Finalmente, ya se encontraban en la casa los hijos del matrimonio asesinado y debían obtener de ellos la mayor colaboración posible. Tal vez se pudiera incluso recolectar el ADN de la Maritza original.

Usando el mensaje instantáneo, Harry le respondió a la agente con una consulta sobre la orden de registro a la compañía de Juan Carlos Escribá porque sin una evidencia convincente era muy difícil de conseguirla.

Latisha: "Ve inmediatamente a la oficina del juez Albertson."

Harry: "¿Albertson? Él es un tipo muy duro. Siempre pide pruebas."

Latisha: "No te preocupes"

Woodhouse: "¿Qué pasa Harry? Ahora estás con jurisdicción federal."

Harry: "¿Estabas al tanto?"

Latisha: "No preguntes tanto. Trabajamos en equipo."

Harry: "OK, Andrew y yo hemos encontrado cosas muy interesantes."

Latisha: "Mándanos lo que encuentres. ¡Y ahora mismo, por favor!"

Harry: "Gracias. Nos mantenemos en contacto"

Los dos agentes de la policía de Glendale podían presentir que pronto se verían en medio de algo muy importante. Los federales no se preocupaban por policías locales sólo porque sí. "Ni me preguntes dos veces. Claro que estamos juntos en eso."- Asintió su compañero a las preguntas de su amigo y superior.

"Yeaaah!: Vamos a **Corazón Heart**. Me gustaría ver la cara de Juan Carlos Escribá y compañía."

"Y así como que miras las piernas y sabrá Dios qué más de la Yumilka."

"No jodas Andrew. Vamos a trabajar."

Eran aproximadamente las dos de la tarde. Luego de permanecer horas en la oficina, intercambiar pensamientos y hablar con agentes de instituciones importantes, debían apurarse porque ya pronto el presidente de la compañía en cuestión se iría tras una de sus amantes o amigas de ocasión. Andrew se ofreció a conducir su viejo Mercedes convertible. A pesar del tiempo, lucía aún elegante y él hacía todo lo posible por conservarlo. Lo había adquirido en la universidad gracias a la ayuda de sus padres. El sargento quien hubiera preferido su Mustang, accedió a acompañarlo.

"Buenas tardes Yumilka. ¿Adónde encontrarse... Juan Carlos? ¿Así que tú practicar Martial Arts?"

Ella no pudo ocultar su sorpresa y pareció como niño agarrado en falta. Más allá de la coincidencia, eso era relevante. ¿Cómo podría afectarla y además qué importancia tenía esta situación?

"Por cierto baby, tenemos un...una conversación pendiente."- Le dijo Harry.

"Muy bien sargento. Primero le digo que lo extrañaba. ...¿cuándo es buen tiempo? ¿Adónde? Necesito limpiarme."

"Mañana. Puedes, poder.. ir a casa. Por favor, ahora, llama a Juan Carlos necesito hablar."

"En seguida voy. ¿Cómo está Andrew?"

"Ahora la muy zorra se quiere hacer la inteligente conmigo."

"What are you saying, sargento? ¿Qué pasó?.

"Que la tipa te echó el ojo, Andrew."

"Oh sí, sí."

Para el momento en que la conversación se volvía más intrascendente, llegó Juan Carlos Escribá acompañado de Yumilka. No venía con cara de buenos amigos. Se notaba claramente su amargura. Tal vez había programado una cita temprana que se podría malograr. Tal vez le parecía improcedente la sola vista del hombre que le estaba haciendo competencia. Por otro lado, Harry pensó que este viejo cabrón podía estar involucrado en esa red de espionaje de la que hablaban los federales.

"Hola. ¿En qué puedo servirle esta vez sargento? Creo que quedó todo claro. Yo no tuve ningún contacto con esa mujer por casi un año. Ya pagué lo que el juez indicó en la demanda. Mi dinero cayó en manos de gente que nunca lo trabajó."

"Mr. Escribá ... aquí estar la orden de un juez. Tenemos permiso para buscar cualquier documento relacionado con la muerte de Maritza Legrá."

"Ok. Déjeme ver la orden de registro. ....Hum... ¿Qué necesita sargento?

"De momento los contratos, debemos revisar notas, identidades, direcciones. May be tomar algunas muestras para pruebas de ADN."

"Yo no tengo contratos. Aquí nadie tiene contratos. Cada día se renueva."

"¿Cómo? ¿Que no archiva los contratos? ¿Qué te parece, Andrew?

"¿Y cómo sabe quién es quién? ¿Y si los seguros sociales son chuecos?"

El sargento le comentó al hombre las palabras de su compañero. La reacción de Escribá se notó inmediatamente en su rostro perturbado. Pidió a Yumilka que buscara ayuda porque sospechaba que estos dos venían con malas intenciones y su inglés necesitaba apoyo de alguien mejor preparado. Podía ser Stacy. "¡No!", le dijo su secretaria, "que esa no puede hablar ni con el ingeniero de producción. ¿Cómo te va a ayudar con estos policías?".

"Mira. Ahí atrás... trabaja un ingeniero jamaicano-cubano que una vez despedí y luego me rogó que lo contratara de nuevo y entonces..."

"Sí y luego andabas con la mujer", le dijo ella con la voz bien queda.

"No es tiempo para discusiones. Ve y explícale. Y también le prometes que le voy a subir el sueldo."

Las últimas palabras de Juan Carlos y la secretaria se cruzaron en un aparte, momentos antes de que Yumilka lanzara una mirada de reojo al sargento. La complicidad mutua se escondió por el apuro de su gestión; ella como siempre, se movía entre la lascivia y el interés. Aunque Juan Carlos no fue ajeno al intercambio entre estos amantes de ocasión, hacía todo lo posible por evitar que le robaran a su favorita que se meneaba como una licuadora encendida alrededor de su planta de producción en la que él no se sentía sólo como gallo presidente sino más bien como una especie de sultán con un harem. En poco tiempo, Yumilka volvió con la noticia de que el tipo no había venido a trabajar. Entonces, el presidente de **Corazón Heart** se decidió a contestar él mismo las preguntas de los agentes.

"Y ahora son de emigración ustedes?"

"Tenemos autoridad federal. ¿Leyó la orden. Puede leer?"- contestó Andrew.

"¿Qué sabe éste de inglés?"- le dijo Harry.

"Un momento, sin ofensas sargento. Aquí fui al colegio y en Cuba me gradué de contador. Ah… pero yo no sé usted."

Harry sintió un impulso. Sabía controlarse en situaciones incluso más tirantes y peligrosas; aunque en ese momento deseaba golpear a ese hombre. Bien cierto era que la violencia física sólo traería consecuencias negativas, así que no sólo lo ignoró sino que le requirió los documentos correspondientes a sus pesquisas.

"¿Estamos de acuerdo, Señor Presidente?"

Los dos inspectores rebuscaron cada archivo y comenzaron a empacar las evidencias. También le sugirieron a Juan Carlos que sacara copias de cualquier documento que sirviera para analizar identidades, especialmente de empleados de origen cubano. Algunos trabajadores pasaban asustadizos porque se había corrido la voz de que habría una recogida de la migra. Ya eran aproximadamente las tres de la tarde y algunos se apresuraron a largarse mucho antes de lo acostumbrado. Harry solicitó apoyo y les informó a Yumilka y Juan Carlos que estaba prohibido salir de los perímetros de la instalación. Al encarar a Salvador Rosales, el tipo sudaba de miedo. Los agentes no se mantuvieron solos porque, el supervisor general de la empresa madre llegó a **Corazón Heart**. Hizo un par de llamadas, incluyendo al alcalde de Glendale y al mismo director de policía. Para su sorpresa, éstos le respondieron que se encontraban atados de manos.

Mientras se producía el registro, varios carros de policía rodearon las instalaciones y se colocaron en diferentes puntos estratégicos. Algunos trabajadores miraron con curiosidad el operativo.

"A ti yo entrevistarte cuando termine todo esto"-le dijo Harry a Gurrumina- "casi todos ustedes conocían a Jesús Gámez o lo habían visto de cerca."

"Cálmese"- le respondió ella- "A ese Jesús, lo vi por primera vez en un motivito en casa de una compañera. Se corre que tiene muchas mujeres. Creo que es de Oriente como unos cuantos aquí, hasta Juan Carlos iba por casa cuando teníamos fiesta."

Mientras tanto, Andrew se ocupó del patrón y trató de encontrar conexiones más allá de los papeles que fueron enviados a la comisaría. Posiblemente, volverían luego de ser confrontadas con los datos de inmigración y cualquier otra agencia comprometida. Entre las preguntas hubo las relacionadas con el origen de Escribá y de si éste conocía a Jesús y la última vez que había visitado su país de origen. El presidente de **Corazón Heart** lucía cansado y viejo. Había viajado a Cuba en varias ocasiones para ver a su madre. Su padre había muerto y sus dos hermanos menores quedaron en la isla. Tenía familia, una extensa parentela.

"Soy ciudadano americano y me parece un poco desagradable la manera en que ustedes me tratan como si yo supiera o hiciera algo ilegal o clandestino. Yo respeto a esta nación que me ha dado vida. Si yo sospechara que usted pretende acusarme de algo, llamo a mi abogado. Me siento muy ofendido por sus preguntas."

"¿Entonces la gente no firma contrato?"- Preguntó nuevamente Andrew para llevarlo al curso de sus intenciones.

"Ya me hizo la pregunta antes. Aquí se hace CONTRATO SIN PAPELES. Es la forma en que yo trabajo en mi compañía y la mayoría, si no todos mis empleados están muy contentos.

"Y Maritza. ¿Estuvo ella feliz con su manera de operar este lugar?"

Las palabras partieron de Harry González. Había apuntado datos, nombres y quería confirmar lo que había obtenido con los documentos y las charlas con los empleados que habían tenido alguna relación con Maritza y con Gurrumina quien se convertía con su esposo en una especie de polo de atracción. Para más detalles y sospechas, la pareja pertenecía al mismo pueblo de adonde provenía el sospechoso Jesús.

"Sabe sargento", - le sugirió Gurrumina- "todos se preguntaban por qué tardó tanto para que Jesús agarrara su residencia. Tenía bola de agente de comunista. La mujer es mexicana. Digo la que vive con él. Me la encontré una vez y me sorprendió porque hablaba casi igual que nosotros. ¿Cómo le dicen a esa gente, Stacy?"

----Jarochos, son paisanos de Veracruz.

La serpiente
siempre muerde

Antes de salir para Tijuana, Harry González necesitaba arreglar algunos asuntos. Habían registrado la planta **Corazón Heart** adonde observó con detenimiento cada uno de los rostros, los gestos y las reacciones de los interrogados; pero no le pareció que hubiera una red de espías entre los cubanos que entrevistó. Jesús, el presunto asesino debió asegurarse algunos colaboradores aunque fueran quizás un par de conocidos y en el peor de los casos un infiltrado en alguno de los grupos disidentes a los que perteneció Pedro Gámez.

El ingeniero, a pesar de no ser muy conocido en el exilio, había logrado reunir contribuciones, no sólo de sus compatriotas sino también de otras organizaciones simpatizantes con la causa de la democracia en su país. Incluso, la compañía donde él trabajaba le había donado jugosas cantidades. A ello se unían iglesias, grupos conservadores y hombres de negocios latinoamericanos que habían sido convencidos por su palabra que abría ojos a los que antes fueran simpatizantes de Castro. Cada centavo extra, cada bono que consideraba un premio a sus amores por su país, iba al fondo que había creado. No se acreditaba crédito alguno ni era cabeza oficial de la organización que dirigía en la sombra. Tampoco deseaba figurar como editorialista aun cuando le sobraba preparación. Su estilo, no le complacía porque era un perfeccionista. Esas acciones fueron las que llamaron la atención de los servicios secretos de Cuba y por eso, se reclutó a un agente quien se encontraba emparentado con él y el cual monitorearía sus actividades y si fuera necesario como ocurrió en definitiva, lo aniquilaría.

Pedro Gámez respetaba la voluntad de su esposa de viajar a Cuba. Los que frecuentaban su familia conocían de esa enfermiza obsesión por complacerla.

Maritza Legrá vivió sin manchas por años. Actuó fielmente y nadie le conoció cabos sueltos ni coqueterías insulsas basadas en el cansancio del matrimonio, las irregularidades hormonales o el simple vicio de liberarse en el juego de la sexualidad como en el caso de Yumilka. Harry no pretendía tampoco romper esa imagen de mujer honrada. Sus hijos ya de vuelta para ofrecer su último adiós a sus progenitores no se lo perdonarían porque de esa manera destruiría los recuerdos bellos de unos padres ideales.

El sargento se preguntaba quién osó derrumbar la puerta de la virtud. ¿Cómo esa mujer madura y hermosa se dejó seducir, se preguntaba?

Aun así, el oficial de Glendale también culpó a la occisa por sus debilidades. Como hombre que no abusaba de las pasiones del cuerpo ni del alma sintió una especie de decepción. Entonces, ¿qué pasó y cómo pudo ella traspasar las barreras para enredarse en el amor prohibido?

Siempre se comentó que eran la pareja perfecta. Como la combinación del zodiaco en armonía, Maritza admiraba la inteligencia de su esposo y también su cuerpo alargado que le había complacido por más de un cuarto de siglo. A su vez, el ingeniero se levantaba cada día con el sueño de ver y hablar con la mujer que amaba.

Sin embargo, Harry seguía obsesionado en cómo una dama especial cambió de ese modo. En todo caso no tenía ningún derecho a manchar su recuerdo. No obstante, quedaba pendiente lo de la doble. Tal vez fuera ella quien cambió la perspectiva de las cosas. Con Yumilka tenía suficiente. "Me mata porque me gusta. Me salva porque puedo tocarla y la odio porque es demasiado sospechosa." Así Harry especuló como buscando una forma de salvarse de las corrientes negativas y los pensamientos de la familia Gámez-Legrá. La secretaria de **Corazón Heart** representaba la perfecta versión de Eva en el paraíso con los pecados y la manzana incluidos. Durante el registro y en su compañía le prometió una nueva cita aunque se mostró esquiva frente al jefe. Algo le pintaba mal en esta relación. Hasta ahora, la mujer que le había afirmado que no sólo el cuerpo y el sexo eran importantes para ella; se volvía más sospechosa y a la vez atractiva. Entonces, a él ya no le importaba en lo más mínimo lo que pensara el tal Juan Carlos Escribá con su dinero mal habido por la explotación y los abusos del sistema. El detective creía que aquél viejo corrupto merecía lo que Yumilka hacía con él. Ahora bien, hasta qué punto ellos se entregaban a un juego de la carne, ¿no trataría ella de obtener información sobre Maritza y su caso? Síntomas y evidencias lo habían alertado de su falta de sinceridad, de mentiras sobre Jesús y de innecesarias insinuaciones sobre la fallecida. De todas maneras, y a su pesar, ella contaba como una sospechosa más. Extrañas coincidencias como su conocimiento de las artes marciales, su manera de desenvolverse sin miedo y con astucia, le daban mala espina. Por todas esas razones la llamó para tratar de cumplir lo pactado. Como habían quedado entre juegos y coqueteo luego de aquel registro general, se produciría el encuentro de segundas vueltas cuando ya los cuerpos conocidos sabían de buena tinta su olor y sabor.

Su oído también reconocería las variantes de su voz, las entonaciones de los saludos y las despedidas. Podría escuchar y entender muchas de sus palabras a distancia y sobretodo, conocía su especial manera de gemir de placer. Por eso, la expectativa actual se desplegaba en su erótica imaginación de forma muy diferente a cuando estuvieron juntos por primera vez. Aquella unión se produjo espontánea y salvajemente. Ambos disfrutaron del estudio de sus cuerpos, sus fragancias y sobretodo porque liberaron la fuerza de sus instintos. La excitación combinada con el pensamiento lo movió a una mezcla de realidad con fantasía.

--Siéntate cómoda. Yo...venir en un momento.

Después de abrir la puerta, consideró oportuno no abandonarse al furor de la duda o el deseo. Ciertamente, la anhelaba con tanto o más fervor que la primera vez; pero necesitaba algo de racionalidad en esta ocasión. Resultaba imprescindible hurgar en los problemas pendientes en la investigación, sus dudas, sus posibles relaciones con el espionaje cubano y al fin al cabo los intereses escondidos detrás de estas visitas. Buscó un poco de champaña. Luego le sirvió un poco de vodka con limón. Le preguntó si le gustaría algún tónico o quizás un poco de soda.

"La verdad sargento, yo no bebo mucho alcohol. Siéntese aquí conmigo y compartamos el trago. Un poquito usted y un poquito yo."- Estas últimas palabras parecieron a Henry el sonido de una gata encelada. Se acomodó cerca de ella y la besó. Ella se dejó aunque luego lo rechazó para decirle:

"Con calma que para lo que yo vine hay tiempo."

Entonces, para proseguir con la misma ceremonia, ella alargó su mano hacia el coctel. Lo olfateó como si fuera a catarlo. Sin embargo, sólo bebió un par de sorbos. Luego tomó al hombre y lo besó con la intensidad de los labios, de los dientes esmaltados y de su lengua rosa.

Nuevamente el sargento González se dispuso a atacar; pero cuando estuvo a punto de sentirse en control, ella volvió a separarlo con el pretexto de beber un nuevo trago. Él insistió sólo para recibir un golpe suave que él reconoció como típico de expertos en artes marciales. Para continuar, Harry respondió y ella en retorno pareció envolverse en una especie de ejercicio y hasta de un combate real. Se paró en actitud firme, alerta y entonces el oficial que pretendía ser amante tomó una posición defensiva. Ambos, utilizaron todas las técnicas aprendidas. La sala del sargento se tornó en una especie de arena de combate. Harry tuvo maestros surcoreanos. Yumilka aprendió y fue miembro del equipo nacional de Cuba con entrenadores del norte de Corea. No había diferencias cruciales. Ambos podían considerarse buenos expertos aunque Yumilka lo superaba en el movimiento de sus pies y extremidades en general. La mujer, ya retirada del deporte frecuentó el mismo gimnasio que el policía y allí ella actualizó algo de lo que había aprendido antes. En fin, que los secretos del sur se mezclaron con el norte en una técnica coreana unificada.

"Ven. ¿Tú no dices que eres bravo? Si quieres agárrame, acércate."

Él respondió con un una llave del jiujitsu. Ella lanzó su pierna que él evitó no sin antes atraerla hacia sí y tocarla en lo profundo de su intimidad. Un movimiento de defensa tardío; pero unido a la agilidad de sus dos manos provocó que sus sienes llegaran tan cerca y así Yumilka aprovechó para alargar la punta de su lengua y humedecer el ojo izquierdo de Harry. Éste, sorprendido por la rapidez de la mujer, recibió con deseo la saliva salida de su contrincante. No obstante, probó a inmovilizarla por el cuello produciendo un giro a la cabeza de la hembra y a continuación, estampó un beso en sus labios al que ella accedió y que no duró más de un par de segundos. Harry creyó que la tenía bajo total control; pero no logró su cometido porque fue súbitamente repelido por un golpe en el bajo vientre que lo dejó sin respiración. Las rodillas combinadas con una movida inteligente infligió el daño necesario para zafarse del abrazo del hombre. Con la preocupación típica del policía, el sargento pensó que tal vez trataban de eliminarlo. "La víbora me quiere morder. Puede que ella sea la asesina y no el tal Jesús; pero no me importa, la tipa está rebuena." No pudo continuar la reflexión porque un nuevo roce de manos ahora libres de su oponente lo empujaron hacia atrás. Ella volvió a asumir una posición de ataque; pero gesticulaba como alentándolo a continuar el juego. "Estúpido gringo- pensó ella- si me va a poseer que sepa que tiene que respetarme. Si es tan cojonudo que lo demuestre." Él pareció leer su pensamiento o quizás fue el olor proveniente de la hembra y atacó de nuevo. Ambos levitaron con sus piernas sin concentrarse en un golpe mortal. El taekwondo de demostración con algo de contacto físico los lanzó al piso mientras giraban cansados y sudorosos. En ese rotar por la habitación, sus cuerpos se rozaron y pareció bueno el momento para un pacto. La última vuelta los colocó a ambos de supina frente a los adornos del techo, tomando un aire que parecía más de yoga recuperativa que de simple respiración, Harry comprendió que ese día el retozo seguiría el rumbo de la hembra. Si él buscaba placer con información debía pretender una derrota. En ese instante ella brincó sobre él. Las vestiduras femeninas volaron por encima del sofá. Él paralizó sus músculos. Ella se despojó de todo lo que cubría su cuerpo blanco matizado por las pecas sensuales que él saboreó una vez. Sin abusar de la debilidad del contrario, la secretaria de **Corazón Heart,** dijo:

"Ahora sí. ¡Vamos a jugar!"

México lindo
y querido

Ya en el avión Harry miró a través de la ventanilla aquella tierra seca y desértica mientras Andrew, a cambio, viajaba en autobús porque le pareció más discreto. El sargento desconocía de qué modo Latisha y Woodhouse arribarían al centro de Tijuana. Le entregaron un número para comunicarse con los miembros de la reunión en la que trazarían una estrategia para descubrir las conexiones con la muerta, el sospechoso principal y algunos asesinatos en México. "Si Martiza no era realmente Maritza, ¿Quién era? ¿Cuál era la identidad del amante?", especuló.

Jesús podía ser el escogido y ya González lo había pensado antes. Dudaba que Escribá fuera el asesino secreto. Al tipo se le notaba que carecía de fuerza. "Bueno, para matarla porque de lo otro parece que el hombrecito conserva suficiente energía. Y si no para eso inventaron el Viagra." Y al respecto, dedujo que después de la demanda y la compensación, si hubo algún tipo de acercamiento oculto, éste afecto se había extinguido definitivamente. De todas maneras, a medida que cruzaba el mar y se aproximaba al aeropuerto, recordó una película que miró en una sus clases de cultura hispana adonde un personaje se refirió a Tijuana como el cagadero del mundo, por lo de los millones que se apostaban por sus predios para luego iniciar el viaje al "paraíso americano". "Estos cabrones han llevado su mierda al otro lado". Pensó en su bisabuela, en su apellido, en sus ancestros que ayudaron a que Los Ángeles un día refugiara medio mundo y que se produjeran las más bellas películas y a que él se regocijara con una ardiente Yumilka e incluso al menos se le facilitara apreciar en su decadencia mortal a la bella Maritza. No debía encerrarse en esos estereotipos. Los pobres diablos venidos del sur, pensó, eran seres que trabajaban, vivían y sentían porque la psicología humana no tenía color. En medio de sus cavilaciones contradictorias, se dijo: "Hay que liberarse. Tal vez sufra el mal de mi bisabuela y entonces me salga de todas estas puñeteras ideas racistas."

Cuando el avión comenzó a descender, sintió una especie de vahído. La naturaleza circundante saturada del árido paisaje y las colinas recargadas de pobres, traficantes de humanos y de drogas se manifestaba como símbolo de lo que odiaba y que no podía arrancarse de sus prejuicios aun cuando se sintiera abochornado. "¡Bah!" y por eso se preguntaba cómo luego de tantos esfuerzos por superarse como policía venía ahora a servir de espía en un caso en el que otra vez, se mezclaba lo de sus orígenes. Recordó a su bisabuela y las predicciones sobre vuelta a las raíces, en este caso, mexicanas y se cuestionó en su interior si no tendría tal vez luego que visitar la isla de donde supuestamente había venido Maritza, la mujer bella y muerta en un zanjón de Glendale y con la cual presuntamente se encontraba genealógicamente relacionado.

De pronto el viento y la bienvenida a la República Mexicana le pusieron los pelos de punta. ¿Y ahora qué? Tal vez Jesús Gámez acechaba en la frontera aguardando órdenes para continuar aniquilando disidentes. Quizás habría contactos, una red. ¿Cómo serían los federales que supuestamente colaborarían con ellos? ¿Serían corruptos, estúpidos y arrogantes? ¿Se imaginarían que por su nombre, podría ser comprado con mordidas o tal vez lo mirarían con burla por ser un "pocho" que había aprendido mal el español? El olor comenzó a mezclarse con el ruido de música mexicana. Harry podía distinguir entre perfumes, aromas y tufillos y por eso en la Academia de policías lo llamaban "el sabueso". Pero el tiempo pasó y no le gustaban ni seudónimos ni apodos. Andrew sabía eso y sus compañeros del departamento también. Además esa virtud de oler las cosas más que un defecto constituía una virtud para envidiar.

"El Juan Carlos Escribá apesta como cabrito con hormonas de macho viejo Y Yumilka huele como yegua en celo", le explicó Harry a Andrew.

Esta capacidad sensorial la pudo demostrar a través de los objetos de Pedro, el ingeniero. "En cambio Maritza, a pesar de encontrarse muerta emanaba aromas como de perfume fino."

"Tú estás loco, compañero", le diría Andrew.

Esa Gurrumina que le contaba detalles sobre el diario movimiento en **Corazón Heart** desprendía una esencia corriente y no lo satisfacía. Sus facultades especiales le permitieron olfatear a Jesús basado en lo poco que pudo recuperar de sus posesiones personales allá por su apartamento cuando la novia-amante se las ofreciera y todos los objetos relacionados con el sospechoso le molestaron. "Este es el olor del demonio que atraía a las mujeres."- pensó.

Entonces recordó cómo a través de los años se iba desarrollando esa capacidad suya de obtener información heredada de su bisabuela como especie de génesis resumido en su propio yo. Por esa virtud, más de un criminal fue localizado gracias su extraordinaria habilidad.

OperaciÓn Serpiente

Entonces, concentrado en sus habilidades, recibió el aroma que le topó la cara con emanaciones salidas del maíz fresco y de frijoles fritos y picantes. Agarró su celular y marcó el número que le habían indicado. Escribió la dirección y agarró uno de los taxis verdes y pequeñitos. "Bueno, al menos sirven para ahorrar gas y espacio".

"Calle Juárez, es en el mero centro. Do you speak Spanish?"

"Bueno, tú ver que yo te entiendo muy bien."

"¿Y viene a pasar el tiempo o de negocios? Tijuana tiene un chingo de lugares donde divertirse. Y viejas de las mejores. Yo mejor fuera por los barrios adonde se coge y se goza. ¿Le gustaría que lo llevara huero?"

"No gracias, con dejarme donde le dije está bien".- le contestó Harry algo contrariado por la familiaridad excesiva y la metedura de narices del taxista.

"Está bueno, pues. ¡Órale que estamos allí ahorita mismo."

El chofer, un grandulón, pensó: "pinche gringo." Así que luego de sus razonamientos, encendió la radio al volumen más alto posible. Era algo norteño. En una primera reacción Harry iba a pedirle que apagara la música o que la bajara al menos; pero no lo hizo porque creyó mejor mantener las barreras que él mismo había levantado. Total, en unos minutos se encontraría en el sitio de la reunión. No obstante, la tortura se prolongó un tanto más de lo esperado. El tráfico a esa hora se había complicado. Después de salir del condenado embotellamiento arribaron a su destino. El sargento González se sintió aliviado al abandonar el auto. "Ese tipo olía a Tequila y Metanfetamina."

"¿Sargento Harry González?"

La voz pareció desconocida y tampoco supo distinguir el olor. En la puerta del restaurante se agolpaban tal cantidad de esencias que su nariz privilegiada se encontró bombardeada tanto por los humanos como por las carnes, los tamales y todas las otras delicias de la culinaria mexicana. Sí, la sola comparación le otorgaba al lado sur un buen premio. Los vapores que atravesaban las puertas de las fondas y restaurantes expelían la síntesis de una esencia nacional que combinaba chile con tequila. Escudriñando hacia un lado, distinguió a un individuo moreno, fuerte y panzón que lo observaba con detenimiento.

"Teniente Gutiérrez, Policía Federal. Lo estamos esperando desde hace un buen rato. Me dijeron que habla buen español. ¿No?"

"Sí teniente. Mucho gusto. Había tráfico... muy malo. ¿Ya están todos?"

"Sí, hasta el gringo que dice que va a aprender Español."

"¿Andrew? No kidding. ¿Español?"

"Spanish in 40 days. Cortesía del colegio de Tijuana. Dicen que usted lleva tiempo estudiándolo. Tal vez su compañero aprenda, perdón, más rápido."

Andrew y el español. Parecía una broma. En todos estos años que trabajó con él jamás pasó de frases y siempre le afirmó que "Spanish, para ti. Tú eres hispano. Lo llevas en la sangre dude, tú puedes. A mí no se me pega nada. ¡Nada!, man"

Al cruzar el umbral de la puerta, se sumergió en la oscuridad. Como amante de lo moderno prefería la luz. No lo convencía ese cuento de que la intimidad se disfruta mejor en la penumbra. Al fondo pudo distinguir una mesa donde se encontraban Latisha, Woodhouse y Andrew, el gringo que iba a "hablar castellano" en dos meses.

"Pase sargento. Un tequilita del bueno. Añejo y ágave azul. Anímese."

"Harry, siéntase cómodo. Aquí el colega tiene muchas cosas que compartir."

"Comandante del Águila, Fernando es mi nombre. Échese un trago que me han dicho que usted tiene buen gusto y éste es del caro, Ándele."

Harry casi nunca tomaba tequila; pero no quería despreciar a los anfitriones. Al degustar el licor no le pareció nada malo. Los oficiales mexicanos lo miraban como examinando sus posibles cualidades policíacas. En cambio, sus compatriotas se alegraron y Andrew lo observó con sorna porque conocía de sus preferencias alcohólicas.

"Órale, así chupa un mexicano. Es del mero mero.", comentó del Águila.

"La comida va por nosotros".- dijo Latisha.

La mesa parecía muy animada. Ya iban por una segunda botella. "Los mexicanos hacen fiesta de cualquier ocasión", pensó Harry. Se animó por un segundo trago y también un tercero. El limón, la sal y las tostadas acompañaban lo que parecía más celebración que junta de trabajo. Los "gringos" intercambiaban gestos de paciencia mientras el comandante y los dos judiciales ignoraban cualquier preocupación de sus invitados del norte.

"Mire señorita. Estamos en México y aquí pagamos los mexicanos."- dijo uno de los sujetos al dirigirse a la agente americana.

"No se preocupe, ¿cómo dijo que se llamaba?", insistió el sujeto que había hablado recientemente.

"Latisha…."

"¿Quieren comprobar si el tal Jesús ha estado en México.?", preguntó el hombre de bigotes profusos. "¿No?… En Veracruz parece que lo conocen. Ha pernoctado allí con la novia que vive en Los Ángeles. También han ocurrido un par de asesinatos con las mismas características que Woodhouse y Latisha nos describieron. Los muertos eran artistas cubanos casados con mexicanas. Ambos se incorporaron a grupos disidentes que radican en la zona y curiosamente los dos frecuentaban a una mujer que se dice, se fue al norte. La huera. La que se mira en las fotos que ustedes describen o al menos tiene un parecido muy grande. Hay rumores de que se sometió a cirugía plástica porque luce más joven, como si fuera otra persona."

El otro miembro de la judicial que había guardado silencio, abrió la boca. El tipo parecía bien profesional y hablaba inglés claramente. Se había graduado de una universidad de California e incluso se enroló como cadete de policía en el Colegio Comunitario de Los Ángeles. Tenía piel morena y una sonrisa clara con dientes enérgicos. Olía como bestia inteligente, hubiera probablemente dicho Harry. Entonces, pidiendo permiso expresó cómo llevaba un caso de un cubano que había decidido venir de Estados Unidos para luego establecerse en Tijuana. El sujeto abrió una tienda de puros que parecía un centro de comunicaciones de la emigración cubana. Había muerto también de un golpe en la región occipital derecha con fracturas en el cráneo y las mismas características de los crímenes que se habían descrito a ambos lados.

"Le partieron la madre por oponerse a Castro." –dijo el agente.

Woodhouse tomó la palabra y señaló que todo indicaba la existencia de un sicario común y la única manera de cortar de raíz esta situación consistía en alertar a todos los servicios de inteligencia de ambos países. Probablemente habría que aclarar las conexiones con Veracruz, verificar el misterio de las dos Maritzas, y por supuesto atrapar al malhechor.

La respuesta de la contraparte mexicana no se hizo esperar. Ellos estaban dispuestos a colaborar siempre y cuando se respetaran sus leyes. Había malas experiencias del pasado.- dijo del Águila y también afirmaron que si se iba a asistir tenía que ser en pie de igualdad y con todas las verdades, evidencias y posibles soluciones francamente coordinadas. Harry no pudo evitar una mueca. El agente del grupo especial le preguntó si no le parecía bien. Iba ya el sargento de Glendale a responderle cuando Latisha puso fin a la discusión. "Ni Harry, ni Woodhouse ni incluso Andrew quien se quedaría en Tijuana para sus clases de español tenían ninguna objeción." –Expresó, al beber un trago de tequila y hablar en buen castellano." ¡Por el triunfo de la operación!"

"¡Por usted que platica bonito!".-indicaron los mexicanos.

Todos levantaron sus correspondientes copas. A continuación, solicitaron sus respectivas raciones y el olor de los tacos y quesadillas inundó la mesa con el pozole y los jalapeños como aperitivos y acompañantes. Andrew y Harry se sintieron como en casa. Se miraban uno al otro con ansias para compartir una fumada. Se excusaron y fueron al baño adonde el sargento tomó el cigarrillo ya liado con pericia por su compañero. Unos minutos después apareció el agente del grupo especial quien sintió el humo proveniente de una esquina y reconoció el olor.

"Pinches gringos chupadores y fumones. ¡Que me lleve la chingada!"

Las palabras del agente mexicano los agarró por sorpresa. Probablemente los reportarían a Latisha y Woodhouse. "We are fuck up" dijo Andrew. Harry, por su lado se sintió humillado al haber sido atrapado nada menos que por un mexicano. Ahora sí que sus aires de superioridad se iban a la mierda. Su mueca de desespero y contrariedad se disipó cuando notaron que el tipo sonreía.

"Órale gringos. Yo tengo una mucho mejor pero no le cojan el gusto que es nomás para matar el estrés."

A continuación se rotó el enrollado. Harry actuaba como traductor mientras Andrew sonreía más que hablaba. Le cayó bien el oficial. "Oh Yeaah.! Tenía que aprender español. Mucho bueno mota", llegó a expresar mientras el mexicano sonrió con nuevos gestos amistosos que terminaron cuando él mismo sugirió que debían regresar.

Entonces volvieron a la mesa a completar el convite. La música se esparcía por todos lados y el grupo de mariachis salió no se sabe de dónde. Tal vez entraron a través de un rincón con una puerta secreta. A lo mejor no, y atravesaron un pasadizo de protección por si acaso el público se tornaba belicoso. Harry notó su afinación forzada pero en medio de los defectos había una canción que la audiencia reclamaba y que muy probablemente era su mejor número. El sargento de la policía de Glendale que soñaba con una mujer como Maritza y una sensualidad como la de Yumilka de pronto pensó que una mexicana podía calmar sus ansias.

A la secretaria de Escribá la había visto antes de partir del aeropuerto de Los Ángeles. Podía recordar todavía su olor de hembra que lo embriagaba aunque su voz no fuera precisamente la melodía consentida de sus sentidos.

México y sus fragancias especiales se intensificaron desde el momento mismo que pisara su tierra. En este restaurante-cantina se sintió de pronto como Hernán Cortés. No importaba que Yumilka se enterara. ¿Y qué, si ella no respetaba compromisos? Además, ya antes de salir se lo dijo "no te hagas ilusiones que a mí sólo me apaga el fuego con un día entero en la cama." "Puta", se dijo como si no lo supiera ya desde el primer día, como si la fogosidad del primer encuentro no le hubiera sugerido que ella adoraba otras cosas, materiales o tal vez políticas. Ahora, cuando terminara la reunión se iría con Andrew. Necesitaba tomar más tequila, quería inhalar olores de un burdel, caminar junto al compañero y tal vez alejarse de esos músicos mediocres y desentonados que repetían la misma canción una y otra vez. El vacío de una existencia dedicada a la perfección y el detalle cubierto por el diario investigar, terminaba por repugnarle. Le hastiaba, como también rechazaba la arrogancia egoísta adonde había crecido. Esta misión adonde se había tornado de simple detective en agente secreto lo había cambiado. Por supuesto que no sucedía ya y repentinamente, pero la lucha interna y las frescas experiencias a que se había expuesto en los últimos días minaban su esencia excluyente de anglosajón y de hecho lo enriquecían con esa faceta que lo transformaba como a Cachigua en un hispano orgulloso. Por un lado estaba la belleza, el erotismo de las cubanas con las que se había conectado últimamente y por otro la mujer mexicana que lo trastornaba todo. La hispanidad se le iba metiendo entre los tejidos de su piel. Algo le sugirió que se veía más joven. ¿Habría contraído la enfermedad de su bisabuela? Necesitaba un espejo. La melodía de "México Lindo y Querido", sonaba tocado por esos pobres mariachis que lo repetían una y otra vez. En su cabeza revoleteaba la música y se confundían los protocolos, los pensamientos y sus decisiones. México no era sólo Tijuana; pero la muestra como un botón lo absorbía. Algo extraño le decía que ya no despreciaba sus orígenes. Al menos eso sentía en ese instante mágico. Así que caminó un rato y complació su apetito por las "mamasitas". Había roto su rutina pero se sentía limpio en medio de su impureza. Absorto, lleno de licor y con sueños aún por resolver se tiró en su cuarto de hotel.

Tal vez encontrarían rastros del Jesús Gámez y se resolverían las irregularidades del viejo zorro Juan Carlos Escribá. A lo mejor le bajaba los humos y descubría que el presidente de **Corazón Heart** no sólo abusaba de las mujeres, sino del sistema y de la generosidad del país que lo había recibido. Por último, Yumilka, no se le escurriría como la última vez. Todos esos eran pendientes aguardándolo en Glendale. Cansado por el goce, las discusiones y las tareas de inteligencia, decidió usar el radio que proveía su hotel pero antes se tomó un trago largo de tequila. La música regional invadió la habitación. En otras ocasiones, hubiera escuchado algo instrumental o clásico. Ahora, cuando el sol había salido y el reloj marcaba las seis de la mañana se dejó adormecer nuevamente por los sonidos de

México lindo y querido

Con los pies aun colgando y el cuerpo recostado sobre la cama cerró los ojos. Se hundió en la nada. Descansó los miembros y el vaso de licor, desparramándose, salpicó parte de sus órganos exhaustos. El efecto todo de unas horas tan animadas dirigió la anatomía de un González del norte para que éste cayera en un sueño profundo, tan profundo como los borrachos que machotes quieren ser el Rey y entonan su

México lindo y querido
si muero lejos de ti,
que digan que estoy dormido
y que me traigan aquí.

La astucia de la serpiente

"Maritza fue muy hábil" se dijo Harry. "¿Cómo se las había ingeniado para engañar al ingeniero quien tenía fama de ser muy inteligente y observador? Ahora bien, si ésa no fue la esposa original sino una doble como algunas evidencias y conclusiones indicaban y la otra andaba por sabrá dios dónde, entonces, había resultado aún más astuta de lo que había pensado."

Como persona que se permitía distinguir olores, pudo discriminar algunas diferencias en la ropa que ya había revisado en la casa y la más reciente, presumiblemente de la impostora que él pudo en algo comparar a pesar del tiempo, con el aroma de la primera y verdadera cónyuge del ingeniero Gámez. Este detalle basado en las emanaciones le había sucedido antes; pero no podía utilizarlo como evidencia definitiva porque la gente no le creería ni se consideraba científico. Necesitaba entonces el apoyo de la sapiencia y de señales que resultaran creíbles. Eso lo empujó a tomar el teléfono y conversar con el doctor Wilson.

"Hola Dr…. Le llamaba para aclarar una duda. ¿Me habló usted algo de cirugía reconstructiva en la mujer hallada en el puente de la calle Pacific?"

"Sargento, para serle sincero no recuerdo nada al respecto."

"Perdone que insista. ¿Cree usted que alguien con ese tipo de cirugía podría esconder sus cicatrices?"

"Es posible... aunque yo lo hubiera notado, seguramente."

"Podemos tirar una ojeada a las fotos y observarlas en la computadora".-le señaló Harry.

"¡Hum!. No suena mal. Voy a trabajar un rato y luego lo llamo."

Cuando el doctor concluyó, todavía Harry no había partido hacia la reunión en Tijuana. Tampoco había consultado con Latisha, Woodhouse, los agentes de la judicial y del grupo especial de México. En su cuerpo rebosante de energías bien utilizadas existía suficiente paz para meditar. Un tiempo atrás había tratado el yoga e incluso tomó unas clases. Luego decidió utilizar sus entrenamientos para relajar los músculos. En esos momentos daba vida a sus pensamientos que llenaban su casa y el patio con las flores que había sembrado con la ayuda de Karen. Esa dama le recordaba a su bisabuela y había sido una influencia notoria y positiva. La quería y admiraba como una amiga, a pesar de la diferencia de edad. De esa mujer fascinante aprendió a sembrar flores. Ella lo ayudó por un tiempo hasta que él mismo fue creando su propio espacio. En días de fuerte depresión, González hubiera preferido una compañera que llevara sus fracasos a la comprensión evitándole recriminaciones humillantes. Sin embargo, su instinto de conservación le impedía establecer un nuevo compromiso luego de su fracaso con su ex mujer. Mientras esperaba por noticias de la oficina del forense, se produjo una recurrencia de sus actividades físicas y cerebrales. Un renacimiento de sus potencialidades masculinas lo movilizó en todo el espacio sensible de su anatomía. Sintió una imperiosa necesidad de aliviar su presión y en la soledad de su propia excitación apeló a la autosatisfacción. No había por qué abusar de la naturaleza aunque se sentía aun joven. Yumilka y el juego que vivieron el día antes consumió casi todas sus energías. El festín de sus sentidos comenzó cuando aún no había viajado a Tijuana, cuando estuvo con la mujer enigma, la secretaria, la peleadora, tal vez la espía.

"¿Satisfecho? Ahora podemos tomarnos un trago. Me gustaría un coctel y así de paso, pues me puedes hacer todas las preguntas que quieras."

Harry sonrió. La astucia de Yumilka no tenía límites y su habilidad para manipular se desarrollaba no sólo por su conocimiento de las artes marciales, sino también por sus vivezas y experiencias de mujer madura pero muy bien conservada. Por esas razones se convertía en la candidata perfecta para una red de espionaje como él y sus compañeros habían pensado. Ahora bien, hasta qué punto jugaba ella un papel en todo este rompecabezas. La creyó capaz de acciones atrevidas, de seguir órdenes complejas, de actuar con el conocimiento de quien sabe al dedillo las triquiñuelas de la calle; sin embargo no se le ocurría ni por un momento que ella fuera capaz de amplios razonamientos intelectuales, de planear estrategias, ni siquiera de dirigir una actividad de inteligencia. ¿Pudo eliminar a Maritza? Tenía la habilidad para ello. ¿Conocía ella el famoso golpe que había aniquilado tanta gente?

"Entonces ya me contaste que a Maritza no la...tragar ni tampoco al tal Jesús. Sí que no pudo contigo. ¿Cómo se dice... poca cosa?"

"Ajá. Tal como lo dices Harry."

"¿Nunca has usado tus conocimientos de artes marciales para una real "fight", pelea?"

"En principio no soy mujer que busca confrontaciones físicas. En mis primeros tiempos como atleta de Taekwondo me inculcaron la idea de que sólo podría utilizarlo como arma de defensa propia en caso de vida

o muerte porque si lo hacía sin razón válida, la Comisión Técnica me prohibiría la práctica de ese deporte."
"Ya sé que hemos hablado de eso antes. Pero gustaría saber si tener...tienes un contacto muy cercano con gente de la isla aparte de tus padres y ¿alguien más?"
"Sargento González, usted sabe... tengo mi familia en Cuba. Me quedé en México durante una competencia y así llegué acá. Tú me gustas y me gusta quien eres así como me han agradado otros. Yo no puedo negar que he estado ya hace mucho tiempo con Juan Carlos. Te lo habrán contado, yo no recuerdo habértelo mencionado. Me gustaría terminar con esa relación; pero algo me une a él más allá del dinero. Lo admiro aunque esté viejo y se piense que todas las mujeres le pertenecemos. Conmigo es diferente, soy la que tiene la sartén por el mango en la fábrica. Me gustaría liberarme; Basta... Por ahora es suficiente."
"Entonces, no me ayudarías.... ¿Contarme...de Juan Carlos Escribá?"
"Por supuesto, pero no me sería nada fácil. Tengo que hacerlo. ¿No?"
Harry no confiaba mucho en su palabra aunque hasta ahora sus huellas no habían sido encontradas en ninguna escena criminal y tampoco su ADN se había identificado con los homicidios causados por el Asesino de la sien.
"Sí, así ser...es."
¿Y la novia de Jesús? Andrew y él no habían quedado conformes con la información que esa mujer les había proporcionado hasta el momento. Parecía demasiado preocupada por encubrirlo. Yumilka abandonó su casa y él abrió su celular; pero inmediatamente cambió de idea para evitar que la pareja de Jesús se preparara. Tomó el coche y se dirigió hacia donde vivió el sospechoso por varios años. Esa área de la ciudad parecía un campo arrasado por el crimen y las pandillas. Los grafitos se

veían en todas las paredes y grupos de "cholos" o que caminaban con sus camisetas amplias y blancas junto a pantalones chinos mostraban los caminos de sus traseros. Cabezas sin pelo, muchachas con labios púrpuras imitando a sus varones, olor a cigarrillos y marihuana invadían todos los rincones. Él podía olerlos; no se le escapaba tampoco la presencia de otras drogas.

"Ese huero es chota." – Así se refirió a él un jovencito al parar en un semáforo cerca de la calle Griffit. El centro de Los Ángeles se divisaba detrás de la bruma que lo separaba de Lincoln High. Dobló a la izquierda y se estacionó en la línea roja. No había espacio y se creyó con derecho a violar las reglas por obra y gracia de su posición como oficial de policía. Frente a sí miró nuevamente el edificio descolorido y cargado con algunos dibujos alegóricos a las pandillas rivales que plagaban el barrio. Esperó que alguien saliera por la puerta que cerraba el paso a los desconocidos y entonces tomó el elevador. Se detuvo en el tercer piso mientras aspiraba los miasmas disecadas en el ascensor. Tocó la puerta y llamó a la mujer. Teresa miró a través de una hendidura.

"Sólo conversar", le dijo Harry.

"No quiero problemas ni que me revuelvan el apartamento."

El sargento le aclaró que no tenía autorización judicial; pero necesitaba de su colaboración. Ahora, si quería pues él volvería con el dichoso permiso. Ella accedió no sin mostrar contrariedad en su rostro. Él distinguió el acento jarocho del que le habían hablado tanto. La entonación veracruzana sonaba muy parecida a la de Cuba.

"¿Es usted de Veracruz? ¿No ser...es cierto?"

Ella lo miró con desconfianza ¿o tal vez como víbora astuta calculaba sus respuestas y medía sus gestos? No parecía dispuesta a hablar más de lo necesario. Harry González la instó a colaborar. Teresa no lucía mal aun cuando no fuera la mujer perfecta. El sargento volvió a la carga y le preguntó si su amante acostumbraba a viajar a México a lo cual ella respondió que ya se le había preguntado anteriormente.

"¿Teresa. Él ya sabe que lo buscan, seguramente portarse belicoso."

"Sargento. Jesús me era infiel. Yo no sé cómo se metió en todo esto pero si hay algo que le puedo asegurar es que él no me haría daño."

"¿Y no siente … asustada?"

Ella observó profundamente la cara de Harry tratando de hurgar en el interior del policía "No está mal", pensó. De pronto, se insinuó con la gesticulación, el aroma de su cuerpo y el aliento que delataba la hembra disponible. Él pudo absorber los olores aunque no era el tipo de perfume que lo hubiera trastornado. Su mentalidad y actitud selectiva le impedirían, esta vez, romper sus reglas y no como había hecho con Yumilka o con los malos pensamientos que tuvo con Maritza.

"Mire, nosotros viajamos en múltiples ocasiones a Acapulco. Y para serle sincera lo agarré un par de veces conversando con la muerta."

"¿Hace mucho tiempo?"- preguntó él.- "¿Quién está en ese cuarto?"

"¡Anselmo!-abrió la puerta y le mostró su hijo-"Éste es mi tesoro."

Parado encima de la cama, con el televisor encendido. Un niño moreno observó al policía y notó su pistola escondida por el chaleco que cubría su camisa de mangas largas. Hizo unas muecas en la frente que se convirtieron en arrugas fruncidas. Luego se sonrío y le preguntó a Harry

"¿Eres policía o mafioso?"

"¡Hola! ¿Cómo lo sabes? ¿Qué creer?"

"You don´t speak Spanish. ¡No sabe, mom! You are a cop. ¡Policía! Is Félix in jail? ¿La cárcel?"

Harry sonrío. Le pidió a la mamá seguir la conversación y pensó que los niños siempre descubren cosas que los adultos necesitan años para resolver. Le hubiera gustado tener los suyos; pero como hombre de pocas relaciones se volvía muy difícil de concretar. Volvió a sentir vergüenza por su español y retornó de nuevo al objetivo principal de su visita.

"Me decía que había visto a Jesús conversando con Maritza un par de veces." "Ella era la esposa del primo por lo que no sería nada raro que compartieran algún secreto, sargento. Antes conversaban como familia; pero después…"

"¿Teresa, qué tan reciente….el después?"

"No sé. …, yo diría que hace unos meses. …después que vino de Cuba parecía distinta y me hablaba de Veracruz como si conociera la ciudad."

"Bueno, muchas gracias por información…un placer conversar contigo."

"No se apure sargento. Sabe una cosa. Ahora que lo conozco mejor me parece que usted puede venir cuantas veces quiera. Vuelva sin pena que somos pobres; pero buenos."

"Gracias, si necesito su ayuda la contactaré y… muchas gracias."

Ella le estampó un beso en la mejilla y Harry se las ingenió para escabullirse inmediatamente. La mujer parecía un auto con la batería recargada, sólo que de hormonas. Entonces se preguntó qué había pasado en aquella mente femenina para que una relación de años se fuera así por la borda en un momento. La única excusa válida se la achacó a la infidelidad continua de Jesús. La mujer había literalmente enseñado sus silbidos, los silbidos de serpiente que Yumilka había utilizado para seducirlo, a que Maritza o la doble recurrió para traicionar a su esposo y que finalmente ella empleaba sin escrúpulos. Los agentes secretos que se habían introducido últimamente en su vida habían notado su obsesión por Yumilka. ¡Ah, las mujeres! Se lo habían arrojado a la cara como un defecto. "La hembra, suspiró, es la bendición del hombre, pero quién niega-diría él- que la Biblia tenía razón". Venía a ser su interpretación, no palabras exactas: "La serpiente es astuta y muerde incluso cuando uno está prevenido. En ella coexiste el paraíso y el infierno de todos los humanos."

Harry vivía otra vez sus contradicciones. Se enorgullecía de su frialdad anglosajona y elaboraba sofismos sobre la mujer, especie de vuelta a sus orígenes cristianos. Por otro lado, su fogoso enredo con Yumilka y su extraño enamoramiento de una muerta lo abochornaba y le alegraba al mismo tiempo.

Esas hembras actuaban como "espíritus burlones" diría la bisabuela Cachigua. Yumilka y Maritza o su impostora habían sido tan astutas como aquellas brujas que se metamorfosean en serpientes. En medio de sus cavilaciones, Harry González concluyó que Eva lo había convertido en una de sus víctimas.

Pan con cianuro

El sargento dormía luego de coordinar ideas respecto a las mujeres de su caso, a la reunión en Tijuana, a sus aventuras por tierra mexicanas y a la ausencia de su compañero que quedó para estudiar español. Por eso la llamada lo agarró por sorpresa. Era viernes y miró al reloj que indicaba las once de la noche. ¿El club Cubano de qué? Sabía de clubes filipinos, armenios, rusos, alemanes, italianos; pero de esa gente…. Reaccionó de esa manera porque nunca antes Woodhouse lo había contactado tan tarde, así que efectivamente sucedía algo muy grave. ¿El club Cubano de Glendale? Vaya chiste. Le contestó al agente que partiría inmediatamente. Tomó su coche y se dirigió a la dirección que le indicaron. Al buscar estacionamiento, pudo avizorar la calle amplia. Desde allí se disfrutaba de algunas de las montañas que bordeaban la ciudad. Un grupo de ambulancias y paramédicos se encontraban todavía prestando asistencia a un número no identificado de intoxicados. Ya en situ notó la presencia del doctor Wilson y su ayudante. Andrew se aproximó también hacia la entrada. ¿Le habrían ordenado volver e interrumpir su curso de castellano en pocos días? Latisha, con esa actitud profesional que le era característica se comunicaba por su celular mientras el otro oficial federal daba órdenes a unos policías, lo cual le pareció aún más raro. Ya en el interior del lugar observó el cuerpo sin vida de quien fuera en California, presidente de la Asociación de Prisioneros Políticos en el exilio. El forense lo examinaba con detenimiento.

"No sé pero juraría que tomó cianuro."

"Doctor, otra vez con predicciones. Esta vez voy a creer que hay algo de ciencia en sus conclusiones de adivinador."

"Se reconoce por el gesto de la cara y el color de sus mejillas. Por supuesto, sólo las pruebas de laboratorio confirmarán mi teoría."

"Tal vez en los otros casos la intoxicación fue inducida por envenenamiento colectivo. Hay algunas personas que bebieron del ponche y hasta ahora se encuentran bien. Ése es su trabajo."-De nuevo Paul, el ayudante del forense les entregaba no sólo información de primera mano, sino también algunos comentarios inteligentes.

"Harry. Este Paul debía formar parte de la sección de homicidios. ¿No crees?"

"No empieces con tus bromas. ¿Qué le pasa a Andrew, sargento?"

"Olvídalo hombre, ya sabes lo bromista que es él. Entonces así van las cosas. Un envenenamiento colectivo. Esta vez el criminal quiso dar un golpe grande para asustar y coaccionar a los miembros del exilio cubano."

"Harry, mañana temprano, luego de los resultados de las pruebas, necesitamos un plan" – dijo Latisha- "El atrevimiento de estos tipos es algo fuera de lo común. Ya nos hemos comunicado con la Oficina de Intereses de Cuba en Washington. Por supuesto, ellos lo niegan todo."

"¿Por qué escoger precisamente este sitio cuando el asesino sabe que estamos detrás de él y su actuación pone en evidencia a su gobierno?"

"Sargento, en el lugar se encontraban invitados especiales quienes recibirían un reconocimiento por sus donaciones. El Club Cubano de Glendale ha sido por años un lugar muy trascendental para la vida social y política de esta comunidad."- le dijo Latisha quien se apartó para tomar otra llamada.

Todo indicaba que el invitado especial de la noche, un líder venido de Miami había salido ileso. Rechazó la bebida con el veneno porque como hombre ya entrado en años y con diabetes se cuidaba de tomar alcohol. La víctima que yacía ahora en el piso bebió el coctel destinado a aquel.

"Hola Woodhouse. ¿Alguna noticia especial? Parece que el asesino es más osado de lo que pensábamos."

"Tienes razón Harry. Estos tipos del club no son santas palomas. Aquí se encuentran varios antiguos agentes o informantes de la CIA, del FBI y también miembros de grupos anti castristas con entrenamiento militar. De todos modos, siempre contratan un par de elementos de seguridad quienes son entrenados por ejecutivos del club; pero, incluso ellos fueron intoxicados."

"¿Woodhouse? Hay algo que no comprendo en todo esto. Me gustaría acceder a la lista de invitados. ¿Qué comieron o bebieron? ¿Alguna idea de si alguno de **Corazón Heart** vino a la fiesta?"

"Mira quién está sentado en una esquina asistido por los paramédicos ¿No lo reconoces?"- Le dijo Andrew. "La que falta es Yumilka."

"No jodas. El mismísimo Juan Carlos Escribá. Quién lo iba a decir.".

"Pertenece al club… es y de los que ofrece jugosas donaciones."

"Ustedes ven lo que digo. Yo casi estoy seguro de que ella anduvo por aquí. Su ausencia se justifica porque el tío asistió con su esposa y no pudo aguantarlo…pienso que ella está cubierta hasta el cuello de estiércol y quiere utilizar lo del amante como coartada."

"Conclusión inteligente, Harry. Y hombre,… no me mires con esa cara. Ayer terminé mi curso intensivo. "Ya puedo hablar Español"."

"Bien Andrew, es usted un excelente comunicador. Aquí Woodhouse y yo habíamos pensado que podríamos reunirnos mañana después de obtener algunos resultados del laboratorio y así procesar la información de los interrogados."

"Muy bien Latisha. El lugar ideal: Porto´s Bakery. Allí podemos desayunar con tiempo para observar y hasta escuchar si hay algún rumor que nos pueda conducir a una pista útil."

"Magnífica idea. Me imagino que se reúne gente que pudiera ayudarnos en el caso.

Andrew y Harry intercambiaron miradas irónicas. Se veía que la agente no vivía en el área. Ese sitio que el sargento había mencionado actuaba como una especie de catedral de la pastelería cubana en Los Ángeles y se lo explicaron.

"Pues bien. Mañana nos vemos todos en Porto´s. Vamos a comer sándwich cubano"- indicó la mujer.

Los hombres del grupo sonrieron. Andrew la observó. Los agentes federales se alojaban en el Hilton. Él pensó que ella podría acompañarlo con una copa y así de paso, mostrarle la ciudad, llevarla a sitios interesantes y conocer mejor Los Ángeles. Le gustaba, pero sentía un poco de temor; no obstante, le preguntó:

"Latisha, ¿qué le parece si me le uno más tarde para combatir el estrés?"

"¿Y está González incluido?"

"No, había pensado.. tal vez sólo nosotros".- Allí decidió contenerse. Prefirió ver cómo ella reaccionaba. En esos momentos no tenía pareja lo cual se convertía en una oportunidad ideal para divertirse un rato y conocerla mejor.

"¿Qué pasó en México. ¿La pasaste bien?" -Ya ella había tomado una decisión.

"Bueno. ¿Qué tal te parece a la hora de la cena? Sin inconvenientes....digo si no surgen nuevos asesinatos colectivos y..."

"¡Perfecto! Tú eres la mujer más bella del mundo."

Latisha sonrío. Sabía que entre todos los involucrados en esta investigación, ella ostentaba una posición especial. Sus curvas bien delineadas, el color canela, la hacían lucir no sólo atractiva sino bella. Recibió entrenamiento y ganó experiencia en trabajos encubiertos. Además por ser de la Agencia, gozaba de jurisdicción internacional, al menos en lo concerniente al gobierno de USA. A Woodhouse lo había conocido tiempo atrás y trabajaban coordinadamente en este caso; aunque a decir verdad, desde el establecimiento del Departamento de Seguridad de la Patria, la organización de Latisha al fin había recobrado suficiente respeto y autoridad. Las cosas cambiaron cuando comenzó a recibir más recursos y camino libre después del atentado de Las Torres Gemelas. En cuanto a los oficiales de Glendale ella no parpadeó para colaborar con Harry. Percibió que éste haría un perfecto agente, un espía de calidad si fuera necesario. Cuando el sargento le propuso incluir a Andrew fue diferente aunque reconoció también sus buenas cualidades. Ambos se comportaban como la pareja perfecta de superior y amigo; sin embargo le vinieron dudas acerca de Durden y de su seriedad con respecto a las mujeres porque su química... "shit"- pensó como que la había afectado y temía que produjera interferencias dañinas. Cambió de idea luego de conversar con Woodhouse. "Bueno, ¿qué perdemos?." Tomó el coche rentado y se dirigió hacia el hotel.

Mientras esas ideas pasaban por la mente de Latisha, Harry no sólo fue a su oficina sino que decidió visitar el forense quien estaría ya arribando a las conclusiones sobre los casos de envenenamiento. Sería una buena idea pasar por allá y entablar una de esas conversaciones llenas de especulaciones y cierres con estos dos expertos, poco reconocidos por la prensa y algunos miembros ignorantes del departamento de policía de Glendale. Los abogados defensores, a cambio, no sólo los respetaban sino que les temían por su profesionalidad difícil de rebatir. El doctor Wilson había realizado estudios en una buena universidad, así como Paul quien actuaba como ayudante aunque ya había pasado el examen de la barra y tendría asegurada una posición en cualquier otro lugar. No obstante, prefirió quedarse a la sombra porque le gustaba su trabajo y le había expresado al sargento que esperaría a que se retirara su superior. Muchas veces Harry se preguntaba por qué no estudió criminología. "Haría un super detective o tal vez un científico de primera".

El laboratorio y la morgue no eran precisamente un dechado de aromas. Los olores, salidos de los cadáveres que estuvieron o estaban, llenaban todo la atmósfera junto al cloroformo, el alcohol y otras sustancias que invadían el espacio.

Cuando el sargento González entró al local, notó que el Doctor Wilson observaba con interés muestras de vómito y las comparaba con reportes del hospital. Un espécimen de sangre yacía junto al laboratorio y algunos reactivos parecían alineados mientras Paul, con una actitud febril revisaba información en la computadora. Ambos profesionales se enmascararon para evitar contagios. Se lo advirtieron a él y sus acompañantes.

"¿Has oído hablar del veneno ruso, Harry? Sí, la sustancia que mató al antiguo espía de la KGB en Londres y que la prensa vinculó a sus críticas al gobierno de Putin. El doctor Wilson y yo estábamos casi convencidos de que manipularon un tóxico con efectos similares al cianuro.

Sin embargo, cuando analizamos el ponche y unos sándwiches que comieron varios de los invitados, pues llegamos a la conclusión de que los asesinos utilizaron una invención búlgara muy común entre los servicios de inteligencia de la antigua Unión Soviética y Cuba." –Paul, acababa de reportarles.

"Sí sargento. Un poco más de especie en la enchilada. Aquí hay de todo. ¿Se acuerda del cubano que fue presidente de la Coca Cola? ¿Ha escuchado cómo murió Jorge Mas Canosa? amigo del primero y además, líder que organizó la Fundación- Cubano Americana. Se dice que ambos fueron asesinados por un veneno secreto. ¿No es así Latisha?"

"Positivo, Woodhouse. ¿Doctor, Paul pueden confirmarlo?"

"Cierto. Hubo incluso un espía que desertó casi una década atrás. Recuerdo...un mayor de los servicios secretos de Cuba. Él habló de sus sospechas en la televisión. El procedimiento es viejo."

En esos momentos, el sargento Harry González, apeló a lo mejor de su memoria para lucirse frente al equipo con el cual se encontraba trabajando y que había invadido los predios de la morgue. Latisha y Woodhouse sabían que él podría llevar a cabo importantes movimientos en la investigación. Andrew quien lo conocía mejor era su partidario más fiel. Ya en camino hacia un lugar más privado, se empezaban a cuajar mejor las ideas.

"Deberíamos ir a la islita esa y patear unos cuantos".-dijo Andrew.

"Entonces,"-indicó Harry- "es como si eufemísticamente dijéramos que el plato principal de la fiesta fue pan con cianuro. O como se llame ese veneno. Creo que debíamos interrogar a Juan Carlos Escribá y localizar a Yumilka."

"Sin apuros..."- le dijo Latisha -"Tenemos que tener la mente clara y evitar errores. Llame a sus compañeros y detenga al viejo zorro."

Woodhouse se excusó por un momento mientras dejaba al sargento tomar las correspondientes medidas. Se apartó con Latisha para hablar en privado. Mientras tanto, Harry y Andrew conversaban animadamente. Luego llamaron a su superior y también a agentes de homicidios. Le explicaron todo lo que pudieron, según las circunstancias.

Juan Carlos Escribá reapareció en su empresa. Luego del fin de semana fatídico, mucha gente estaba preocupada y rápidamente se corrió el rumor de que el presidente de la compañía podía ser un agente de Castro. Al preguntar por Yumilka, varios de los trabajadores no dudaban en lo absoluto de que ella fuera cómplice de lo ocurrido en el Club Cubano. No la habían encontrado ni en el trabajo, ni el apartamento ni tampoco en el gimnasio. Un agente rondaba por esos lugares y se les había notificado a sus amigas que reportaran cualquier señal de su presencia, so pena de verse involucradas en un gran problema con las autoridades. Mientras esto sucedía, los federales se conectaban con sus respectivas agencias y entregaban un reporte de los últimos detalles, especialmente de la visita a México y las nuevas de ese ataque masivo por envenenamiento. Del otro lado se concretaban ideas. Les sugirieron crear un plan que debía aprobarse por el Consejo de Seguridad Nacional, si fuera necesario.

"Yo pienso que debo ir a Cuba."- dijo Harry.

"Para viajar allá se debe preparar una operación logística que incluya posibles vías de escape." – Indicó Latisha.

"...Y hay que planear bien, ¿por qué?, ¿cómo? y ¿con qué recursos? Harry, tendrías que personificar a alguien diferente. Los cubanos son muy desconfiados."

"Ok, Woodhouse; pero yo pensé que iría primero a Veracruz y así confirmar claramente quién actuó como Maritza. Tal vez debería pasarme por un doctor en Estudios Sociales, México-americano. Digo, si fuera a Cuba."

"¿Tú, mexicano? Hombre, si siempre estás negando tus orígenes."

"Basta Andrew, que no estamos para juegos."

"Wait!. Esa es muy buena idea. Vas a Cuba a buscar la verdadera Maritza. Esperemos que esté viva y de paso tratamos de atrapar al criminal: Es muy probable que haya escapado a la isla."- razonó Latisha- "Te podrías pintar el pelo. Necesitas verte un poco moreno."

"Eso es. Me gusta. Harry, the brown guy!"

"! Andrew! Estamos trabajando. Tú vas después. Llevarías un yate. ¿Qué tal de turista canadiense? Esa gente viaja mucho a la isla. El acento se puede corregir. Podrías haber estudiado en Estados Unidos. Otra posibilidad….

Un americano renegado e izquierdista que vive en Canadá o México. Así el interés por aprender español y todo eso…"

"Muy bien. Este es un caso perfecto para denunciar con evidencias concretas las actividades ilegales de los espías cubanos. Sí… podemos llegar al fondo y documentar las conspiraciones que rompen nuestras leyes y afectan los intereses de ciudadanos y residentes en los Estados Unidos. Latisha, creo que con la ayuda de estos dos oficiales de Glendale y tú hemos comenzado a visualizar el plan que necesitábamos."

"Sí, efectivamente Woodhouse tiene razón. Casi estoy segura que el sargento y todos nosotros salimos de viaje para México."

La huella de Veracruz

El autobús iba cargado de todos los olores y fragancias de la tierra y de las razas de México. La velocidad del vehículo devoraba la autopista federal y él pudo entonces sumergirse en el entorno. Recordó a Teresa quien le ofreció algunas direcciones. Podrían encaminarlo, por si acaso, para hurgar en los detalles y razones de la falsa Maritza y de las posibles relaciones con el espionaje cubano. Luego meditó sobre aquella ciudad en que se inició el viaje adonde pudo haber vivido la Maritza usurpadora y que un pariente de su informante dice haber conocido y recordar de cuando estudiaba en la universidad de Xalapa. Pero en cambio, el sujeto recomendado por la ex mujer de Jesús, especula que tal vez se volvió hacia el puerto de Veracruz.

"Se parece pero hay algo distinto en sus mejillas".- indicó el familiar de Teresa.

"¿Cómo qué", preguntó Harry?

"No sé pero la nariz y su cara no se parecen tanto. Las fotos hablan solas."

González comprendió las diferencias. No era Maritza, sino una doble. Escuchó lo de que la mujer también había estudiado en Cuba, gracias a una beca conseguida por un comunista. Luego se les había perdido. Imaginaba que había vuelto a Veracruz. Quizá ella pensó que en la capital del estado le iría mejor, hasta que convencida de lo contrario volviera a su pueblo natal. "Muy interesante, profesor y así podrá ver historia de primera mano" diría el locuaz y amable personaje refiriéndose a él por la nueva profesión, la que utilizaría de incógnito y tal vez en su eventual viaje a la Isla.

En el autobús, el sargento razonó sobre la información recibida. Había gozado de esos primeros días en México, con un hotel cómodo, agua caliente, muchachas lindas y gente amable entre esas calles de una ciudad llena de edificios de los tiempos de Porfirio Díaz. A medida que avanzaba, el calor y la naturaleza lo invadía todo, Harry González, recorría por voluntad propia los cien kilómetros que lo separaban del puerto mágico de Veracruz. Se recuperaba de la experiencia en el campo de entrenamiento especial adonde se preparaban los agentes de espionaje y contraespionaje. Le habían obligado a sudar el cuerpo. Allí se enfrentó con una increíble variedad de ejercicios de supervivencia y no faltó adiestramiento para oponerse cara a cara a las situaciones límites. Acostarse constituía un placer que debía entenderse no como un privilegio necesario sino como un eslabón de una cadena. Meditar debía ser sólo plataforma para retar los desafíos. Andrew, su amigo fue puesto en el lado contrario, el de los enemigos virtuales que gozarían de la ventaja de conocer sicológicamente a algunos de sus contendientes. Al sargento lo había salvado más que nada su afición por las artes marciales que ponían en juego sus reflejos. Al final de todo el proceso, su compañero volvió a su función original y entonces debían escapar de una reclusión forzada, sortear un campo minado, combatir a tropas de fuerzas especiales, desmontar armas sofisticadas, desembarcar, pelear y evadir el enemigo en número considerablemente superior. Esta escapatoria de lugares inimaginables tenía que concebirse en tiempo breve con limitado apoyo o ningún apoyo. Los obligaron a sobrevivir no con el mínimo, sino con nada. Les enseñaron a pensar como no morir, como esconderse, y luego aparecer con la ventaja de la sorpresa. Entonces, ¿ahora qué? Se convirtieron en verdaderos agentes, espías que harían historia. Andrew y él fueron sólo escogidos por casualidad aunque estaban bien preparados, según Latisha y Woodhouse. A ambos les pidieron mucho esfuerzo aunque les aclararon que para graduarse de ese adiestramiento básico había que sudar hasta las partes más íntimas.

El autobús se detuvo en un pueblo chico anverso a una fonda modesta. El conductor indicó que era la única parada oficial. Se podían tomar un café, un pulque o lo que les diera la gana porque él se moría de hambre y se iba a comer sus taquitos de seso con su agua de Jamaica.

El Comandante Fernando del Águila, a quien conoció en Tijuana, lo acompañó de Ciudad México a Xalapa. Allí pensó nuevamente en el caso, en sus conflictos de identidad y en la aventura que le tocaría vivir. El mexicano lo dejó en su alojamiento mientras él volaba a Veracruz. El americano prefirió viajar solo en el autobús entre gente común para estudiar la psicología popular, degustar los sonidos y los olores sin interferencias.

"Sargento, usted si es un tipo raro. Si quiere descansar, tómese un tiempo. Luego yo voy y me le uno. Disfrute el camión que yo lo espero en Veracruz."

"Gracias. Yo estar..muy agradecido. Necesito un trago y descansar."

"No se preocupe. Luego me comunico con usted sobre las averiguaciones de la tal "Maritza" No se sorprenda con los pinches policías de por acá; pero no se preocupe que en la ciudad jarocha todo es padrísimo."

En el tiempo que pernoctaron en Xalapa recorrieron la parte antigua de la capital del estado. Estuvo tentado a visitar algún burdel pero desistió. Allí había muchos amigos de la Cuba de Castro. Lo confirmó en ese viaje en autobús dos días después, cuando sufrió un mareo. "Hay que tener cuidado sargento, estos comunistas están dondequiera", le advirtió el comandante.

Ya rumbo a su destino, pasó cerca de picos nevados y de vegetaciones que asemejaban el verdor de las islas de Hawai y Puerto Rico. Cuando el autobús partió, se fue moviendo hacia la costa adonde pudo olfatear la sal venida del mar cálido del Golfo de México.

Ya en la estación de ómnibus de Veracruz, el Comandante del Águila lo recogió un poco perturbado por la tozudez y extravagancia de Harry. Le comunicó que los otros miembros de su grupo habían llamado, especialmente Latisha, quien llegaría lo más pronto posible. Viajaba junto a Andrew, mientras el hombre del FBI, andaba por México hacía casi una semana. "Woodhouse" pensó el sargento.

"El güey es serio ¿No? Parece que anda detrás de pistas para encontrar el asesino, pero mire, le voy a decir una cosa. Nosotros al tal Jesús cuando lo agarremos, le partimos la madre. Me late que en Veracruz pellizcamos algo."

Harry asintió a todas las palabras del Comandante. Se acomodó con el cuerpo molido en el carro que aquél conducía. El convertible de fabricación mexicana lucía como un vehículo afeminado a los ojos del sargento de la policía de Glendale; pero estaba en este otro país y al parecer por los gestos de Fernando del Águila, orgulloso al volante, éste tenía una opinión completamente diferente sobre autos y elegancias. Con una velocidad más allá de lo normal se encaminaron al centro histórico. Ambos se registraron individualmente y se comportaron como extraños en la carpeta para no llamar la atención. Cada uno recibió su llave y las instrucciones aun cuando todo el protocolo había sido previamente preparado por los judiciales locales para que compartieran el mismo piso y habitaciones contiguas. Así podrían protegerse, en caso de un ataque enemigo. Los cubanos eran astutos y el criminal quizás contaba con una retaguardia y una red de apoyo en la ciudad. Eventualmente, uno que otro disidente natural de la isla se asentó en el lugar y dos personas, incluyendo un líder visible, habían muerto, presumiblemente a manos del mismo asesino que atacaba en Estados Unidos. Eso lo conocían los servicios de inteligencia americanos y mexicanos. Harry invitó a del Águila a compartir un poco de Gentleman Jack- que había traído.

"Comandante, esto es de lo mejor....de América. Servir...sírvase, por favor."

Luego de escanciar un primer sorbo, le pareció bueno al agente local quien se dijo que los gringos también podían producir licores buenos y para hombres. Así que tomó unos pedazos de hielo para imitar al sargento González y esparció un trago grande que colmó el vaso. Su huésped sonrió y se preguntó cuál sería la capacidad de resistencia al alcohol de este mexicano con aires de padre machote muy acostumbrado a celebrar con etílicos los momentos importantes y no tan importantes aunque lo negara y aunque pretendiera ser un hombre medido. Luego llamaron al servicio de habitación. Ordenaron tortas de carnitas con aguate y cebollas. Aunque ese trago no necesitaba compañía, se les ocurrió que dos pares de cerveza no vendrían mal para bajar el aperitivo. Luego volvieron al Bourbon y hablaron sobre sus respectivas carreras, sobre la impostora de Maritza, Jesús, el narcotráfico y los asesinatos en ambos países. El Comandante sugirió que como ya era más allá del mediodía, una siesta no venía mal para recobrarse y mantener la cabeza clara para sus investigaciones. Harry se sirvió la última porción y disfrutó el trago como le gustaba, solo y observando por la ventana el tráfico, algo caótico, mientras el mar lo invitaba a descansar.

Ambos agentes reposaron por varias horas. El alcohol no trajo consigo resaca ni otros efectos porque aliviados por el aire acondicionado se permitieron la comodidad de no calentar la cabeza ni sudar en exceso. La temperatura ambiental; sin embargo, andaba rondando los treinta grados Celsius.

Como ambos habían acordado encontrarse en la carpeta, tomaron entonces la dirección de la alcaldía, un edificio bello dentro de lo moderno. La afluencia de turistas era significativa. La gente comentaba acerca del carnaval de la temporada y aún sonreían con el rey del humor y la reina del año. Algunas mujeres vestían ropas tradicionales con el blanco y las faldas anchas que acompañaban el zarape. En algunos bares un poco alejados de la presidencia municipal, las tonalidades contemporáneas competían con sones jarochos y danzones a la veracruzana. Muchos empleados utilizaban guayaberas que les servían de uniforme. Este lugar, a su modo se asemejaba a San Juan, Puerto Rico. El acento recordaba a los cubanos que Harry había conocido.

La figura del Comandante le angustiaba aunque después llegó a sentirse cómodo. De todas formas eran colegas y el tipo aun cuando utilizaba el español mexicano, en su caso algo vulgar, poseía educación y entrenamiento. Se colocó en su lugar reconociendo los mil peligros que el hombre debió de afrontar y para mal de males, sin un pago acorde por sus sacrificios. Por eso, el mexicano disfrutaba las gestiones oficiales adonde se podía gozar de la vida que su salario no le permitía. La gente comentaba mucho sobre la corrupción en ese país. Allí juntos, tratando duramente para encontrar posibles testigos e informantes, se convencía de que todos no actuaban iguales y que los estereotipos distorsionan las valoraciones de las personas diferentes a donde uno ha crecido.

Ya caída la noche, entraron a una cantina de gays. El comandante le aseguró que el cantinero fingía ser homosexual para espiar a los miembros de esa comunidad que se vinculaban a los narcotraficantes y otros criminales. Pepita, como conocían al "transexual" de la barra, se había acostado con muchas amigas mientras seguía su juego en el club.

"Sargento, el güey es buena onda. Fue miembro de nuestro grupo; pero decidió retirarse después de unas acusaciones de corrupción que jamás se pudieron comprobar. Su interés por seguir combatiendo el crimen se materializó como agente encubierto en ese club."

"No problem... Vamos a ver qué pasa."

Las luces, a modo de arco iris se repetían cruzando el salón en todas las direcciones. Los clientes no se medían para ejercitar sus movimientos. Al llegar al bar principal, Harry sacó la foto de Maritza y se la mostró a "Pepita". Los agentes le preguntaron si la conocía o al menos la había visto alguna vez. El falso transexual le comentó: "No, no la recuerdo." Esa nariz no le parecía nada familiar. Le enseñaron una segunda imagen. "Parecen gemelas aunque son diferentes. Tal vez es la misma persona con unos pocos años de diferencia.." Comentó el cantinero. Ya retirándose, "Pepita" les dijo con voz apasionada:

"Esperen, yo creo que recuerdo quién es... González...Laura González. Déjenme ver la foto otra vez. Sí, definitivamente se asemeja a la "vieja" de la otra imagen sólo que con algunos arreglos diferentes. Un trabajo casi perfecto. La verdad, ella y yo nunca fuimos cercanos; pero estudiamos juntos en la universidad hasta que se las ingenió para conseguir una beca en La Habana. La miré un par de veces cuando regresó ya graduada. La teníamos vigilada porque algunos rumores la vinculaban a aquel chingado país."

"Entonces, la tal González pudiera ser su pariente, sargento." -Comentó con albur, el Pepita-"¿De dónde salió su apellido, no será mexicano por casualidad?"

Harry dudó en contestar porque había sospechado de esa posibilidad en más de una ocasión. Recordó la lección de genealogía familiar de Cachigua. Tal vez la mujer asesinada y abandonada en el zanjón de Glendale fuera descendiente de su primera raíz hispana, cuando se fundó Los Ángeles, cuando sus muchas veces tatarabuelo se enamoró y se casó con la mujer venida de Cuba. ¿Podría estar la vida, su vida, tan llena de casualidades? ¿Y ahora qué?, ¿Encontraría su huella mexicana, la que tantos paisanos buscaban como también los millones de descendientes de ese país, allá en el Norte adonde él había nacido? Harry, el sargento de apellido González creyó su deber completar la búsqueda de la identidad que rechazó anteriormente y que la bisabuela comenzó a sacar a la luz con sus historias y averiguaciones. Luego de atravesar el descampado del centro cívico, la tarde pareció espantar a los turistas. Las calles vacías, la zona antigua, o lo que quedaba de ella recordaban aún a Hernán Cortés y el México mestizo. Veracruz se le presentó inusitadamente, bella y misteriosa.

Ambos policías se movieron a los barrios viejos. Harry insistía en contactar gente que tal vez Teresa y Jesús conocieron. Trató de relacionarse con cubanos de los que residen allí desde fecha reciente e investigó con el Comandante Fernando del Águila lo concerniente a los crímenes en contra del dueño de un restaurante quien a su vez fungió como líder local de grupos anti-castristas. También revisaron las notas y récords referidos a otra víctima del mismo origen. El asesinato del último compartía similitudes con los asesinatos de Glendale, San Diego, La Crescenta e incluso el aún no resuelto del Club Cubano de la ciudad del sargento González. Inspeccionaron los reportes nuevamente y repararon en algunos detalles que habían sido omitidos cuando les fueron entregados. Sortearon las fotos con los cadáveres y las notas del médico forense. Entrevistaron al doctor a cargo de ese departamento. "Con menos recursos y más horribles olores, este Doctor Martínez no es muy diferente a Wilson."

"Yo pienso que ese animal que los mató sabía que usando ese golpe especial, ganaría tiempo. Nos costó trabajo porque no contamos como ustedes los americanos con todas las técnicas necesarias. Y no fue hasta el intercambio con la oficina del señor González que comprendimos lo del asesinato en serie."- señaló Del Águila

"Ha sido un placer, doctor. Creo que debería conocer a nuestro forensic....forense."-dijo el sargento.

"Tipo raro. Explica la muerte con un detalle que sólo una persona morbosa, se atrevería."- Señaló el comandante.

"Del Águila, ése...ser...es su mundo. Nosotros sólo indagamos."

"Sí, tiene razón.... ellos descubren cómo muere la gente...Órale. Basta de cosas tristes. Creo que deberíamos ir al barrio viejo y en el camino, tomarnos un trago, pues. Yo quiero una cerveza para refrescar."

El convertible rugió con su motor nuevo. Algunos curiosos observaron esa extraña combinación de un huero demasiado huero y un sujeto con aspecto de policía local. Al preparar las tortas, la mujer con cara perfilada y tez morena se preguntaba si le pagarían o de lo contrario tendría que ofrendar un sacrificio más a su ganancia con una nueva mordida.

"¿Cuánto ser...es señora?"

"No hombre, sargento. Estamos en mi tierra."

"Como usted diga…decir Comandante."

La mujer quien creyó oportuno cobrar la intromisión extranjera con un par de dólares extras dudó al escuchar al oficial mexicano. Les requirió diez pesos por cada torta de carnitas. El olor alentó un poco a Harry, quien disfrutó la frescura de los ingredientes. Ahí en el México tan vilipendiado allá por el norte, todo asumía la calidad de los sabores y de los sentidos exactos. Así, cuando el sándwich con forma de bolillo se comenzó a desmenuzar en su boca, le pareció que la gula dejaba de ser pecado para convertirse en dicha del paraíso. Luego ambos ordenaron una cerveza. Mientras tanto, González observó las mujeres. Le hubiera gustado preguntar sobre la Laura, tal vez encontrar la madre, familiares. ¿Serían realmente los mismos González que él negó y que ahora con curiosidad y algo de orgullo le iniciaban en su hispanidad recobrada?

"Fernando… ¿Puedo llamarlo así? ¿No parece…que deberíamos continuar?

"Terminemos la chela y proseguimos. ¿Ok sargento?"

En esos momentos, sonó el celular de Harry González. Del otro lado, su amigo y compañero Andrew le preguntaba dónde rayos andaba o si había averiguado algo nuevo. Había arribado hacía una hora y se estaba registrando en el hotel; pero su español sólo servía para lo básico. Necesitaba un amigo, hablar inglés y prepararse para el viaje. "Ir a Cuba será maravilloso. ¿No crees?"

"¿De qué hablas Andrew? Sí ya sé que lo habíamos hablado antes pero tú me platicas del asunto como si fuera algo definitivo. …. ¿Viniste con Latisha? Me imagino por tus palabras que ya tenemos luz verde."

"¿Dónde te encuentras Harry? No me digas que en una de esas casas de mujeres. Be careful, man!"

"Estoy en un área colonial. Algo hemos indagado. Relájate. Nos vemos."

Las horas fueron pasando. El sargento insistió en visitar los lugares adonde fueron asesinados los cubanos disidentes. La mayoría de los emigrados, entre ellos varios artistas, querían mantener los vínculos con la isla y lucían asustados. Negaron haber visto a Jesús aun cuando algunos pobladores locales afirmaron que su rostro y su actitud depravada resultaba imposible de olvidar. Con muy pocas pistas, alguien que no quiso identificarse les brindó al fin la dirección de la joven que suplantó a Maritza.

En medio de sus cavilaciones trataron de comprobar lo que escucharon en el bar gay, lo que Teresa explicó al sargento en Los Ángeles y también lo que las autoridades locales les indicaron. El tráfico inundaba las calles. Los turistas buscaban historia entre monumentos y calles antiguas.

"Sargento González! ¡Comandante!. Los he estado esperando por horas."

Para sorpresa de ambos, Woodhouse, saludaba con la capacidad del que se mueve sin ser notado. Harry, acostumbrado cada vez más a sus labores de inteligencia, observó con admiración y alegría al hombre del FBI.

"Cómo le va señor? Nosotros estamos peinando el lugar y hemos averiguado algo".- le recalcó el oficial local.

"Woodhouse..! I really missed you, man."

Harry González, a diferencia del Comandante, recibió con regocijo a su compañero y más en estas circunstancias cuando parecía que su misión se iba complicando cada día más con las perspectivas de un viaje a Cuba. Cuando ya se confirmaban los saludos, un par de curiosos se asomó desde una de las cafeterías en la que servían sándwich cubano y café con leche. Por el acento se pudo reconocer la presencia de los isleños. Los que mostraban evidente simpatía por el régimen de la isla indicaban la molestia por medio de sus rostros. Otros medían sus respuestas pues el rumor pudiera vincularlos con los investigadores. No obstante, los oficiales ordenaron un café, un puro y un trago de ron Havana Club. La música provenía de uno de los estéreos colocado en los rincones. De repente, se disparó un estrepitoso ritmo que movió todo el local como una especie de terremoto. Indudablemente olía a restaurante cubano y con un aroma profundo que pocas veces el sargento aspirara en estado tan al natural. Luego de degustar su bebida, vino a colación el tópico de Latisha y Andrew. "Creo que viajar... juntos" indicó el sargento González.

"Bueno, ¿Verdad? son como palomitas en celo. ¿No?"- indicó el Comandante.

"I don´t know, yo no puedo asegurar nada. Sí es cierto que andan muy "closed," íntimos. Hablando de ellos, creo que Woodhouse los está contactando."

"Sí, toma la dirección que te entregamos. Andrew... Ok.. Be careful!. Nos vemos en una hora, los esperamos en...¿Cómo se llama este lugar?....El Manisero."- dijo el agente del FBI al compañero de Harry.

Luego de recibir las señas de la cantina, Andrew escuchó ruidos en la habitación de Latisha. No debían perder más tiempo. Presumió que tal vez Jesús andaba por Veracruz. Era una oportunidad irrepetible de atraparlo. Woodhouse, se unió a sus otros colegas con un nuevo trago de añejo Havana Club y les informó que Latisha, acompañada de Andrew llegarían pronto.

"¿Y qué? La pasan bien"- volvió a insistir el Comandante.

Los del Norte ignoraron las insinuaciones. El puro Cohíba en manos de Woodhouse se mantenía todavía con un buen tamaño y encendido. El Montecristi de Harry iba a medio camino mientras del Águila trataba la última chupada. La cafetería se llenó de un humo gris y espeso.

"Vamos a tener que dividirnos en grupos para tratar de encontrar a Jesús."- les explicó el agente del FBI- "Hay reportes de que se encuentra de este lado de la frontera. Comandante... debíamos avisar a los policías locales."

"Pos,....no se preocupe que aquí lo agarramos. Con su permiso, creo que tengo que hablar con esos pinches güevones de la delegación. Ya mero vuelvo."

Mientras del Águila salía, Woodhouse aprovechó para confirmarle a Harry que el plan de ir a Cuba seguía adelante. Muchas de las ideas habían sido originalmente planeadas por el sargento y por lo tanto no había de qué preocuparse. En cuanto a Juan Carlos Escribá y su posible relación con el espía o su posible colaboración con la inteligencia cubana estaba aún por ver. Latisha y Andrew quedaron a cargo de este detalle. La razón por la cual se le envió a Veracruz primero, fue para alejarlo y evitar confrontaciones porque ese personaje había presentado una queja formal a través de su abogado por detención arbitraria y otros abusos que ocurrieron la primera vez que fue arrestado. Un extraño diario escrito en clave les aclaraba lo de la doble. Lo habían encontrado en un compartimiento secreto en la casa de Maritza. Laura se había enamorado del ingeniero y se negaba a colaborar con Jesús; sin embargo no había una mención explícita de otros cómplices.

"A Yumilka se le ha visto muy poco. Nos preguntamos si ella misma asesinó al agente de seguridad que contrataron en el Club Cubano de Glendale. Se dice que anda enferma y hace días obtuvo un certificado médico que presentó en **Corazón Heart**. Una coartada demasiado perfecta para alejarla de las sospechas."- Comentó el hombre del FBI.

"¿Por qué no la han citado o arrestado? ¿Woodhouse?

"Me sorprende que tú estés tan interesado en su detención, Harry."

"¿No me acusará de complicidad?"

"Sargento, cálmate. Tú yo sabemos que esa mujer te interesó particularmente lo cual no quiere decir que vayas a protegerla."

"Bueno, bueno. Está bien Woodhouse. ¿Por cierto, dónde anda el Comandante del Águila? ¿Escuchas?, ¿qué sucede?"

Los portentosos oídos de Harry percibieron el sonido típico de las artes marciales. Había ocurrido un combate; un golpe seco retumbó en el aire y el sargento le transmitió a Woodhouse su temor. Temía que del Águila hubiera sido atacado y no sabía hasta qué punto éste fuera capaz de defenderse. Repeler el ataque del espía cubano requería un muy buen entrenamiento.

Su cuerpo yacía en el suelo.

"Escapó por allí", dijo uno de los vecinos.

Harry se lanzó a toda marcha en su persecución. Antes le informó al oficial del FBI que contactara a la policía y los federales. "Éste asesinato podría complicar nuestros planes.", comentó. "Andrew y Latisha, necesitan estar alertas."

González se perdió entre los entreverados pasos de las calles coloniales, un poco más frescos pero aún cargados de humedad y calor del trópico. Harry se concentraba en las pisadas, localizando la respiración de alguien acechando. Los jarochos caminaban en el umbral de la noche y lo observaban sorprendidos. Sabía que alguien avanzaba de prisa para no llamar la atención. Continúo su cacería como una fiera buscando a otra fiera. De pronto, un camión cruzó la intersección casi golpeando a un pequeño coche. Eso lo distrajo y también un estéreo a todo volumen combinado con un silbido raro. Se viró con agilidad hacia la derecha. Allí frente a él había una sombra con pasamontañas. Sus ojos revolviéndose se preparaban para un ataque.

El enemigo ya conocía al sargento. Lo había marcado una vez y además guardaba referencias salidas de sus fuentes en California y en Veracruz. Deseaba cobrárselas allí mismo y se lanzó hacia él. Una primera patada fue rechazada por Harry quien estaba al tanto de las técnicas gracias a la ayuda de su entrenador. Se movió esquivando el ataque; pero Jesús se abalanzó con la intención de aniquilarlo. Él lo rechazó con una combinación de golpe y llave. Sintió crujir el hueso del contrario y la sangre brotó de su hombro. Éste trató de contra-atacar con sus piernas; pero el sargento aprovechó su Taekwondo, aprendido con maestros coreanos y repelió el ataque. Una segunda andanada salió de su enemigo quien débil y sangrante trataba de escapar más que vencer. Harry lo detuvo y golpeó con su pierna izquierda. De nuevo sonó como hueso roto y cuando el yanqui se aprestó a rematarlo, el cubano riposto directo al pecho de su enemigo. Con el dolor sacudiendo su tórax, González intentó un nuevo asalto. Lanzó sus nudillos directo a la barbilla de su oponente y sintió que se hundieron en la mejilla. Notó el dolor de su contrario quien desesperadamente lo golpeó con la pierna aún sana mientras caía de espaldas. Harry se desplomó también con la frente rozando el pavimento, mientras el otro se las ingenió para levantarse con la ayuda de alguien surgido de uno de los portales cercanos. Mientras se recuperaba, una mujer cubierta también con caza montañas lo observó un momento y luego le lanzó una patada que lo envió directo a una de las paredes que se asomaban directamente a la acera. Más adelante y con mucha habilidad tomó a Jesús y lo introdujo en un auto estacionado. Cuando Harry se abalanzó sobre el Jeep, éste se desprendió a toda velocidad, dejándolo en la soledad de las miradas asustadizas. Algunos curiosos se asomaban por las ventanas y rendijas. Muchos de los testigos que habían vivido ese desafío lo describieron "como si estuvieran frente a un duelo salido de las películas del Oriente ".

El gallo ya no canta

Los planes de obtener el visado en Veracruz para ir a Cuba se frustraron por la muerte de Fernando del Águila, la actitud hostil de los Federales mexicanos y los policías locales quienes miraban con desconfianza a los gringos. Inmediatamente se decretó su expulsión para evitar más complicaciones y asesinatos de mexicanos. Y de paso se dispusieron órdenes de deportación para extranjeros residentes en el estado.

Se pospuso todo el plan para ir a la isla y obtener los documentos que el propio comandante asesinado les hubiera proveído a través de sus contactos y también porque Andrew había sido herido por la atacante secreta. Había salvado la vida gracias a la asistencia de Latisha. Con heridos de un combate que les indicaba que no enfrentaban a un enemigo fácil, los agentes de inteligencia rescataron también a Harry luego del cruento enfrentamiento con la pareja de espías cubanos.

Sin una casa de seguridad, alejados de Ciudad México y la Embajada, con un consulado casi rodeado y vigilado por las autoridades locales y también por presuntos espías o simpatizantes de Cuba, Latisha y Woodhouse escoltaron a los dos agentes lesionados hacia un hospital de las afueras de la ciudad adonde trabajaba un médico estadounidense de confianza. Luego fueron directamente al aeropuerto ayudados por un contacto mexicano que actuaba como taxista de una limusina. A continuación, informaron a sus superiores de lo ocurrido a través de sus teléfonos satelitales y por último se dirigieron a Jalapa donde tomaron el avión de regreso a Los Ángeles

Mientras esto ocurría allá por México, Juan Carlos Escribá permanecía en prisión gracias a una orden especial del mismo juez que les había facilitado los anteriores registros y arrestos. Luego de un par de días de reposo y con ayuda de personal del FBI estacionado en Glendale, continuaron los interrogatorios; aun cuando hasta el momento no había evidencias suficientes para encausarlo. No obstante, según les habían comunicado, el hombre que se creyera un sultán entre las mujeres de la fábrica de válvulas del corazón lucía más cansado y menos altanero. "dicen que se le han bajado los humos" le comentó un agente.

Yumilka, por su parte, había reaparecido. Mostraba rayones en los brazos como quien ha participado en un combate o sufrido un accidente automovilístico. Había hecho correr el rumor de que había salido de viaje y en un momento de descuido la había atropellado un conductor que no se detuvo a auxiliarla. No obstante, se le notaba más ágil y deportiva. También se comprobó que había vuelto al gimnasio de Taekwondo adonde Harry practicaba. Curiosamente, había solicitado el mismo entrenador del sargento porque según explicó, necesitaba incluir técnicas sud-coreanas a su estilo y porque se sentía algo fuera de forma después de tanto tiempo sin práctica, según había comentado a Gurrumina quien les comunicaba a las autoridades de cualquier situación. En medio de estas cavilaciones, luego de escuchar las nuevas, Harry recordó las formas de esta enigmática dama. Se preguntaba cómo reaccionaría ella a un nuevo episodio de intimidad y a la vez planeaba una estrategia que evitara asustarla y tomarla si no por sorpresa, al menos debilitarla. La llamó al trabajo y le solicitó una nueva cita. Ésta aparentó confusión. Ya la situación del Club Cubano de Glendale del que salió precipitadamente antes de ocurrir el envenenamiento la había reafirmado como sospechosa aun cuando no había pruebas suficientes para inculparla. Ella justificó su desaparición con un supuesto viaje a Miami.

"¿Qué tal si nos vemos hoy, después de mi trabajo o en la nochecita? ¿Estuviste fuera o tan ocupado que no podías haberme llamado?"

"¿Y tú como saber…que yo andar…anduve de viaje? Sí fui a… en Veracruz. ¿Creo que hablamos antes de si conoces el lugar? Digo México."

Un silencio ocupó el espacio de las insinuaciones del sargento. Un tiempo después, el teléfono se cortó y entonces… la llamada de vuelta. ¿Qué sucedió? ¿Hasta qué punto Yumilka podría encubrir sus acciones? ¿Y si fuera ella quien lo atacó en Veracruz? La mirada de la mujer enmascarada se parecía al semblante de la secretaria de **Corazón Heart**.

"¿Perdimos comunicación o tú colgarme…Yumilka?"

"Harry, papito…no juegues más conmigo. ¿Nos vemos esta noche?

El sargento quedó pensativo. Vibras insanas rodearon la conversación. Sí, tal vez fuera la autora del rescate de Jesús en Veracruz. Yumilka pudo también haber golpeado a su compañero Andrew y basado en algunas evidencias aún por comprobar, huyó de Latisha; sin embargo no reconoció sus movimientos típicos allá en México. Por lo que dadas las circunstancias habría que seguir hurgando en la serpiente y esperar.

Cambiando de reflexiones, recordó a Cachigua y sintió necesidad de consultar a su bisabuela porque después del viaje algo raro le estaba sucediendo. Algunas arrugas habían desaparecido y su cara lucía más tersa y juvenil.

Era absurdo. No podía auto rejuvenecerse. Para él mucho de la historia de quien fuera Glow y ahora González, se forjó con cirugías maxilofaciales, liposucciones, baños especiales y sexo con orgasmo. No obstante, antes de acudir a un médico creyó que hablaría con ella.

Por otro lado, ya Andrew se recuperaba mientras Latisha y Woodhouse lo llamaron varias veces y le instruyeron de cuán pronto se concretarían los planes. Debía estudiar a Yumilka y acorralarla. También le comunicaron que todo estaba listo para su participación en los interrogatorios de Juan Carlos Escribá. En ese momento, salió al jardín. Decidió que ese mismo mediodía enfrentaría al arrogante Presidente de Corazón Heart y gozaría así de la derrota de ese gallo viejo y corrupto.

Pero antes decidió inspeccionar la compañía. Al llegar allí, buscó a Salvador quien trató de cortar cualquier averiguación no sin antes enfrentar la cólera de González quien le preguntó por su situación legal y los peligros de interferir en una investigación federal y las consecuencias para su estado migratorio. Eso fue suficiente para que el individuo perdiera sus ínfulas.

"La fábrica es toda suya, sargento. Aquí todos somos fieles a este país."

"¿Y su hermano, Salvador?"

"¿Cuál, yo tengo varios?"

"Me refería al ilegal que trabajaba aquí."

"Está de viaje."

"Muy bien supervisor. Es bueno que se respete la ley."

"Gringo culero." Se dijo. Harry lo dejó caminar sin problemas. Salvador le sugirió a un par de sus compinches cercanos de que lo vigilaran y le dejaran saber cualquier cosa. El sargento trató de ponerse en contacto con Gurrumina; pero ésta tenía su hijo enfermo, así que la única forma de comunicarse con ella sería a través de una llamada o visitándola.

A medida que se movió por los pasadizos invadidos por el infernal ruido y el molestoso polvo, se enfrentó con la realidad. Contrario a la afirmación de Salvador, abundaban las caras nuevas. Muchos de los involucrados en la corrupción de favores, unos por indocumentados, otras por los apoyos recibidos a cambio de la obediencia incondicional, habían desaparecido por despido, venganza o simple reordenamiento. Ya cansado de preguntas sin respuestas y pensando que atacar a los potenciales trabajadores ilegales no le garantizaba información alguna, decidió retirarse. Yumilka no había venido. Se había reportado enferma-qué coincidencia- y entonces casi camino del estacionamiento se topó con Stacy quien apareció como una bendición. La muchacha no mostraba miedo y se las había ingeniado para conseguir un permiso de trabajo. Se notaba mucho mejor y había adquirido unas pocas libras que se habían distribuido de forma muy equitativa en su cuerpo.

"¡Sargento!. Creía que no iba a verlo más por aquí:"

"Hola muchacha. Lucir muy bien. Bueno… Aquí todos estar como mudos."

"¿Para qué soy buena?"

"¿Qué haber…escuchado del jefe? Te invito. Podríamos comer algo"

"Encantada. En seguida vuelvo."

"¿Conoces La Casita, el restaurante mexicano, la calle…San Fernando?"

"La verdad no sé inspector."

"Bueno, después… que termina la Pacific. Dos cuadras más…"

"Bueno… voy a hablar con Salvador. ¿Cuándo nos vemos?"

"Voy…allá now. Nos vemos soon."

En el trayecto, Harry pensó en lo que ganaría con esa conversación; especialmente venida de una joven despechada. La calle se abría como una avenida. Sus razonamientos volvieron a concentrarse en Stacy y en el viejo zorro a quien pensaba confrontar en un interrogatorio final. Paró su coche y se estacionó justo en frente al pequeño restaurante mexicano.

"¿Mesa para cuántos...Prefiere adentro o afuera?"

"Dos, por favor...Tráigame un ...tener tragos. ¿Hard liquor?"

"Sí, ...¿Qué desea?"

"Scotch doble y Sprite."

"Solo vendemos Margaritas y cervezas."

"Ok, traiga una Heineken."

"No tenemos, ¿qué le parece una Corona o Modelo?"

"Mejor una Margarita."- pidió Harry.

La mesera volvió con su orden y unas tortillas tostadas de maíz con salsa picosa. El detective colocó el coctel y probó las tostadas sin mucho deseo. Luego sorbió un trago de la bebida. "¡Shit!. Esto tiene demasiado agua." No obstante, no planeaba reclamar. Esperaba por Stacy.

En ese mismo instante, Juan Carlos flaqueaba en su celda. Había llegado a la conclusión de que lo mejor sería llegar a un acuerdo con la fiscalía. Pidió ver a su abogado y le comunicó la decisión. Para su sorpresa no había un oficial disponible para tomar sus declaraciones. "El sargento González, regresará pronto" le dijo uno de los policías que actuaba como custodio. Eso lo contrarió aun cuando no pensaba cambiar de opinión. Los días de encierro lo habían avejentado. Sus más de sesenta años afloraron en las canas y el ánimo vencido. Juan Carlos Escribá no lucía como gallo a cargo, todo lo contrario, parecía sólo un pobre viejo.

"Querido señor presidente o ¿ex presidente de Corazón Heart?"- Le diría Harry, luego de conversar con Stacy, quien se refirió a la actitud sospechosa de un sujeto que había venido a visitar al jefe el día antes de la fiesta en el Club Cubano. Por entonces andaba muy nervioso y discutió un par de veces con Yumilka. "Dichosa muchacha" pensó antes de comunicarse con Woodhouse y solicitarle el rastreo telefónico desde Glendale, la fábrica y especialmente de aquellas provenientes de México. "¡Bingo!" Exclamó.

"Positivo, Harry, tenemos rastros de llamadas a Veracruz y Tijuana. Hubo una llamada por el mismo tiempo que Stacy sugirió. El teléfono es pre-pagado, adquirido en un Cosco a nombre de Jesús Gámez. Parece que el asesino no ha partido de vuelta a Cuba".-le comentó el agente del FBI."

"Woodhouse, creo que después de lo ocurrido tenemos que plantearnos más alternativas, revisar posibles remesas de dinero a México...a Veracruz."

Luego esperó media hora. Se sentó y revisó algunas interrogantes aun por contestar. Tomó el teléfono y se comunicó. Necesitaba a su compañero y su manera fresca de enfrentar las cosas. La voz detrás del teléfono sonaba femenina.

"Sí, Harry soy yo Latisha. Andrew se está preparando....¿Por qué el silencio? Ya lo sabías, así que explicaciones sobran. Por cierto, creo que es tiempo de que nos reunamos. Woodhouse me transmitió tus sospechas. Efectivamente hubo unas remesas de dinero a Veracruz. El primer envío lo recibió Jesús un par de días antes del envenenamiento masivo. La última vez lo recibió un tercero. Creo que ahora estás más preparado. Nos vemos en dos horas. Suerte con el gallo.

Cuando trajeron el prisionero se hallaba consumido por la edad, el encierro y la culpa. Juan Carlos Escribá escuchó las palabras del sargento y la burla que las acompañaban. Tragó su veneno y recordó su declaración.

"Sargento, llame a mi abogado. Yo quiero un arreglo a cambio de mi confesión. Ahórrese sus comentarios y vamos al grano. ¿Qué me ofrece la fiscalía si yo cuento todo lo que sé?"

"Debo advertirle que tenemos algunas evidencias, así que no creo que tiene mucho para negociar. Hable, que lo escucho."- le respondió Harry González.

El sargento trató de contactar al representante del detenido. Necesitaba concluir esta parte del proceso. Habría que viajar a Cuba y comprobar la existencia de una usurpadora. El gobierno de allí, hábil y listo a contrarrestar los ataques, sería expuesto a la opinión pública. "Bueno, dejé varios mensajes al abogado de este sinvergüenza y nadie contesta. No puedo hacer nada por hoy", pensó.

"Lo siento. Estoy atado de manos. Su abogado no responde."

"Insista. Quiero salir de esto pronto."

"Cálmese. "No deportation". ¿Ciudadano americano? Yes?"

El sargento González jugaba con las palabras. Deseaba que Juan Carlos Escribá se derrumbara aún más. Lo había tenido en la mirilla desde el principio y para colmo, se comprobaron sus vínculos con el o los espías cubanos. La pura verdad es que él mismo había sufrido en carne propia las complicidades de ese hombre con los enemigos.

"Sí, ¿Por qué?"

"Puede perder ciudadanía".- le indicó Harry con sarcasmo

"No, si hay un acuerdo."

Tal vez, pero tú ser…gallo que no canta más"

El arma sí funciona

Para ser la tercera vez que buscaban la intimidad, la extraña pareja formada por el agente de inteligencia en ciernes y la sospechosa de espía y asesina no ocultaban su falta de confianza mutua. Al abrir la puerta, quedaron atentos a los movimientos del uno al otro. Para compensar esta dubitación de sentimientos, algo de pasión se meció entre ellos. Yumilka apareció con un sobretodo de piel. Casi todos sus atributos se escondían debajo de aquel abrigo largo y gris. No desplegó la coquetería ni la depravación de quien se entregó antes sin apenas hablar llevada por quién sabe si la habilidad de serpiente-agente o por simple y pura explosión hormonal. Tampoco se preparaba la hembra para un juego de artes marciales adonde la recompensa del combate fuera su sumisión luego de la batalla. No, venía con otro estilo, como si hubiera recobrado la clase que le había faltado hasta ahora. El sargento se preguntó si había recibido lecciones para dama de compañía. A pesar de los desencuentros, Yumilka se veía hermosa, más atractiva que antes y mucho más ágil y vibrante. Ése día había frío y Harry encendió la calefacción mientras traía uno de sus mejores vinos. "¿Era la mujer que lo atacó? ¿Viajó realmente? ¿A Miami? ¿En qué vuelo? Y si ésa era su coartada, entonces ¿quién la había visto fuera de Glendale?"

"¿Qué miras?… parece que…trataras de leerme el pensamiento."-dijo ella mientras tomaba la copa de cristal fino adonde el Pinot Noir se asentaba dejando su color fruta vibrante. Ella pretendió ser catadora. Imitó a Harry quien sacudió, olió y saboreó su vino de cien dólares que no era gran cosa; pero que dados sus ingresos como oficial investigador, constituía un verdadero lujo de su parte. Por otro lado la botella contenía un elevado grado de alcohol para su tipo y él probablemente pensó que con un par de tragos, ella estaría lista para trabajar su lengua y por qué no su cuerpo. Con dos copas de bacará dispuestas para la ocasión, había vertido del licor hasta el punto en que pudieran escanciarlo de la mejor manera posible. Le propuso un brindis y pidió por el futuro de ambos.

"Salud"- dijo él- "por… cubana más bella."

"Por el detective más guapo…"

Luego de entrecruzar las manos y beber de sus respectivas copas, intentaron un saboreo de labios. Los dos necesitaban relajarse pero se contuvieron para mantener la mente clara y así controlar sus cuerpos y sus mentes. Nadie aseguraría que una pizca de desconfianza enturbiaba ese instante. Ni tampoco pudiera negarse que la discordancia al brindar, llegar y entrar a la sala del sargento acompañado del alcohol fino de Napa fuera la antítesis de una pareja que lucía perfecta. Harry sirvió un poco más de vino y complaciendo a Yumilka, hizo sonar "Bésame mucho", por Vicky Carr.

"¿Fue bueno?…Pasarla bien en Florida." –Preguntó Harry con suspicacia.

"Normal, aunque después de toda esta cosa de los muertos y los venenos en el club cubano de Glendale… para decirte la verdad me asusté. Yo no pensé que esas cosas se daban aquí. Y ahora, Juan Carlos…yo creía que era una persona pacífica a quien nada más le interesaba pasar el rato…"

"No saliste…huir, por otra razón, ¿verdad? Right?"

"Sabes…si vuelves con una de esas preguntas capciosas y viperinas, me voy. Coño, que tú si eres jodedor, Papi…"

"Yes, dear. Lo que tú decir…digas. Ven acá."

Él se aproximó y ella se deshizo con agilidad de su sobretodo mientras lo colocó en un estante mientras él la observaba entre desconfiado y con deseo. Ella se acomodó con ropas ligeras que insinuaban sus formas. Los senos ya de por sí bien erguidos lucían casi descubiertos, mientras las piernas limpias y claras produjeron en Harry una ansiedad que no había sentido ya en días.

"Mejor ocúpate de tu amiguito que no lo veo vivo."

Ella expresó esas palabras con sarcasmo mientras se acercó a él para ejercer con habilidad una de las versiones del Kama Sutra. Yumilka actuó como bebé buscando el nutriente con sus labios. Harry, pensando en los orígenes de la vida le entregó la semilla líquida que ella recibió como la tierra seca después de la lluvia. El disfrute fue mutuo. Algo de cesión y allegamiento se hizo realidad en ese momento en que la pareja olvidó sus diferencias, sus odios potenciales, sus rivalidades aún por resolver. En ese tiempo, el acoplamiento no se produjo con todas las de la ley; pero aun así las energías alcanzaron un clímax de satisfacción que los obligó a replegarse hacia los muebles como para tomarse un descanso.

"No estuvo mal sargento…No…hoy no quiero otra cosa. Mi cuerpo no va ni a luchar ni a entregarse a gozar. Digamos que yo voy a disfrutar tu felicidad."

"Podríamos tomar un nuevo glass…copa vino. Todo estar muy bueno ahora… no más preguntas en mi cabeza. ", le susurró el sargento.

En esa ráfaga de pensamientos, dudas, conclusiones y evidencias que se le agolpaban en su mente, Harry visualizó a aquella Maritza muerta en el zanjón de la calle Pacific. Recordó también a la usurpadora que él confundió con la esposa fiel. Enfrentó la relación con su propia genealogía y meditó también en cómo todas las evidencias apuntaban a Yumilka.

La ex secretaria de **Corazón Heart** había actuado desde el principio como una rival que Maritza ni imaginaba, ni podría. El sargento dejó a un lado esos pensamientos irrealizables. Creyó que un nuevo sorbo de licor la aflojaría; pero él ignoraba que ella había ingerido un antídoto y por tanto sería virtualmente imposible confesar sus crímenes, si los tenía.

"¿No tienes algo de comer, Harry? Ya no queda nada del vino...bueno un último trago. Me lo bebo cuando vuelvas de la cocina."

"Enseguida...regresar....regreso, preciosa."- dijo él y fue a preparar un plato con aceitunas rellenas de queso azul y algunas lascas de jamón proscuito. "Esta vez sí se acaba" se dijo él. Pensó en su arma y cómo le gustaría volver a utilizarla. No tuvo mucho que cavilar, ni siquiera que concentrarse. Al llegar, ella estaba totalmente sin ropas. Mientras bebía su última parte del licor le ofreció la copa que antes él usara. Luego saltó sobre él con agilidad felina. Él sargento la abrazó, la acarició e incluso la mordisqueó. Ella, no tuvo escrúpulos para exponer el arma al aire libre y de esa manera animarlo: "Sí funciona." Mientras tanto, Harry sintió que sus sensaciones se alteraban por el licor. Se sintió inmovilizado y se dejó guiar por Yumilka quien acariciaba el instrumento hasta que él no tuvo más fuerzas y su virilidad rendida pudo apenas demostrar que había algo que arrojar. Ella lo miró fijamente y éste aunque ebrio y satisfecho la auscultaba con una mezcla de desconfianza y satisfacción. Entonces, ésta retrocedió y le dijo a la cara.

"¿Quieres una confesión?"

"¿Qué dices? No te oir.. bien. ¿Qué me pasa...me..?"

"Te puse algo en la bebida; pero no te preocupes. Yo no te voy a matar. Me gustaste y yo no mato a los hombres con quien he tenido...Me escuchas. Levanta la cabeza, coño."—Trató de mantenerlo despierto aunque la droga lo había inmovilizado totalmente.

"Mira papito...Yo soy la misma enmascarada de Acapulco y ..."

Ya él no pudo escuchar más. Eran entre las ocho y las nueve. Harry González, sargento de la policía de Glendale e investigador asociado del Departamento de Seguridad de la Patria se sumergió en la noche, en el sueño y no supo más. Luego de doce horas y después de recibir incontables llamadas y mensajes en su contestadora, se levantó al fin, medio mareado y con un dolor de cabeza imposible de controlar. Había voces de Andrew, Latisha y Woodhouse. Ellos urgían de su presencia para concluir el interrogatorio de Juan Carlos Escribá. El abogado los esperaba, y en particular a él.

Un baño calmaría sus músculos ¿Dónde se encontraba ella? Sus últimas palabras,.. ¿Habrían sido parte de un sueño o tal vez una pesadilla? Le hubiera gustado que fuera de ese modo; pero a todas luces una parte del misterio se había descubierto Uno de los espías había confesado.

"Harry"-era Andrew- "el abogado está aquí y muy impaciente. ...Sí...Ok... Trataré de mantenerlo una media hora más."

Corrió hacia el baño. El chorro de agua tibia borró de su cuerpo las marcas del sudor. Se cepilló los dientes y tomó un café. Atrapó una barra energética y la masculló en su camino hacia el coche. ¿Dónde carajos estaba el Mustang? Tampoco hallaba su pistola. Un viejo Taurus se estacionaba en su garaje. Lo había conservado por años y había olvidado calentar el motor con frecuencia para mantenerlo en buenas condiciones.

Volvió hacia la casa y tomó las llaves. Trató una y otra vez hasta que milagrosamente encendió el motor. Sus compañeros lo dejaron pasar a cumplir su deber sin protocolos. Él mismo escoltó al prisionero hacia el salón de interrogatorios. Abochornado por lo sucedido sentía una especie de rabia y de vergüenza. Se esforzó en dominarse porque sabía que con este avance se podría preparar una contraofensiva para exponer al público las atrocidades de esos espías capaces de matar por defender a su gobierno. Ya no se trataba sólo de agentes extranjeros, registrados o no para abortar planes violentos en contra de su país, sino de acciones contra nacionales de los Estados Unidos. Habían rebasado el límite cuando atacaron a agentes federales norteamericanos y mexicanos. Ir a Cuba, desenmascarar a la impostora, a Jesús y a Yumilka, con la complicidad de Escribá, bien valía una aventura, pensó.

"La confesión de su defendido es voluntaria; pero eso no lo exonera de todos los delitos. El fiscal de distrito ha decidido colaborar al máximo en la misma medida que el señor Escribá esclarezca la verdad."

"Yeah. I am absolutely certain we will achieve a good solution. Juan Carlos, así podremos obtener una fianza lo más pronto posible."

"Bueno sargento, aquí estoy y listo para lo que usted disponga."

"El fiscal está de acuerdo en no levantar cargos por traición. Conservará usted la ciudadanía americana. Segundo, se le condenaría sólo a cinco años de los cuales ya cumplió usted unos días por lo que el resto sería bajo palabra. En resumen, podría alcanzar su libertad condicional inmediatamente con restricción de movimientos y un localizador electrónico adherido a su cuerpo."

Juan Carlos dirigió la mirada hacia su consejero. Estas decisiones implicaban sino su ruina, su retiro casi inmediato de la compañía subsidiaria. No obstante, no se hablaba de confiscaciones ni pérdida de ciudadanía. Bueno, tal vez era tiempo de jubilarse y de llevar una vida más sosegada. El abogado asintió y él a su vez le dejó saber su aprobación.

"La cosa empezó hace unos cinco años en uno de mis viajes a Cuba. Comencé por enviar materiales deficitarios como medicinas, equipos electrónicos y de computación. Varias de las válvulas para el corazón producidas en mi compañía se empaquetaron desde Veracruz y unas pocas desde Tijuana. Cuando Yumilka me confesó la existencia de un enemigo concreto personificado en el ingeniero, me habló también sobre la participación de ella en una red de apoyo a la Isla. Entonces, yo accedí a colaborar. No pensé en ese momento que terminaríamos involucrados en tantos asesinatos. La demanda que ganó Maritza me comprometió aún más por lo cual decidí entregar toda la información de que yo disponía acerca de ese matrimonio. Luego, perdí contacto con la pareja de los Gámez. Un tiempo después, Yumilka me comunicó de la presencia del agente cubano. Ella misma me confesó que él había acabado con la impostora porque se negaba a seguir socorriéndonos."

"Entonces ¿ya estaba usted al tanto de algunos crímenes cuando nos acercamos a su empresa buscando la verdad? ¿Y lo del club Cubano de Glendale? ¿Juan Carlos?"

"El hombre que murió por La Crescenta, fue ejecutado por Yumilka. Ella misma me confesó que al hacerlo trató de que luciera cometido por el mismo asesino de Laura y el ingeniero Gámez. Se justificó diciendo que Jesús andaba por una misión compleja, allá por San Diego. Sé que huyó a México adonde mantenía contactos desde Veracruz. Para mí, el tipo fue siempre un misterio. Es de mi zona, allá por la isla; pero tiene mucho menos edad y aunque conocí a algunos de su familia; jamás imaginé que llegaría a convertirse en sicario. Parece que su primera víctima en California fue la usurpadora de Maritza. De la verdadera no sé qué pasó con ella. Tal vez la secuestraron o Dios sabe si se encuentra enterrada por ahí en cualquier lugar. En cuanto a lo del Club Cubano le juro que me agarró por sorpresa. Incluso, asistí con mi esposa. Jesús me advirtió en la misma velada que no tomara ningún ponche. Por su parte, Yumilka lucía muy enojada. No le complacían los asesinatos y según sus palabras, mató al anticastrista únicamente por órdenes traídas directamente lo cual significaba cumplirlas o despedirse de la vida. Bueno, ella abandonó la fiesta con el pretexto de que no compartiría el lugar con mi esposa, y para confesarle la verdad yo no sé si estaba enterada de los pormenores de la conspiración. A usted Lo apreciaba mucho."

"No cambie tema. Follow...siga por donde va".-Indicó Harry con rabia.

"No sé mucho más porque ustedes me arrestaron. Yo no bebí del coctel y nadie pudo imaginar que la víctima equivocada fuera a tomar el veneno."

"¿Supone o sabe usted?..."

"Yo no tengo más que decir. Me imagino que el resto usted lo conoce."

"No imagine, cuente sólo lo que sabe."

"Sargento. Yo terminé. Espero que ahora usted cumpla su palabra."

"Abogado, aguarde aquí. En unos minutos los papeles se encontrarán listos. ...Juan Carlos no poder decir que ha sido placer. "Good Luck!"

"¡Bravo Harry! Ahora sí podemos continuar nuestro trabajo." – dijo Latisha luego de escuchar la confesión.

"¿Dónde está tu pistola compañero?"-le inquirió Andrew.

"Me imagino que te preguntarás por tu coche." –dejó caer Woodhouse.

"Por favor. No soy infalible. Esta gente es muy inteligente. Bromas no."

"Hermano. Tu pistola la dejaron aquí como a las diez. Se encontraba dentro de un paquete...me pareció extraño. Lo abrí y para mi sorpresa había una nota adonde decía: "El arma sí funciona".- sonrío Andrew al hablar.

"¿Yumilka?- preguntó el sargento."

"Sí"- respondió Woodhouse.- "Abandonó tu carro en San Diego y luego cruzó la frontera a pie, según deducimos. Las cámaras del aeropuerto de Tijuana la captaron con una peluca negra y un maquillaje para lucir morena. Se dirigió a Cancún adonde abordó un vuelo a La Habana. La policía federal mexicana no pudo o no quiso detectarla a tiempo."

"Latisha. Yumilka confesó que ella fue la mujer de Veracruz."

Woodhouse le pidió calma y aseguró que todos habían tenido enemigos hábiles "quienes podían engañarnos". Sí, era cierto de que hubo algunas imprecisiones de su parte; pero un nuevo viaje al centro de entrenamiento podría pulir sus habilidades. Nada había cambiado; él se mantenía en el juego. Obtener una calificación sobresaliente en el adiestramiento de nivel II era la única condición para participar en la operación final. Por otro lado, el juez amigable que había resuelto tantos inconvenientes aseguró que Juan Carlos Escribá volvería a su casa; pero con vigilancia electrónica. El cumplimiento de condena aunque limitado, requería al menos un par de años de encierro domiciliario pero eso sólo cuando el equipo encabezado por Harry volviera de Cuba.

"Bueno, al menos hemos transitado parte de este camino con suerte", se dijo el sargento. Había cometido errores, llevado por su inexperiencia en asuntos de inteligencia y espionaje y por otro lado se había dejado envolver por esa mujer serpiente quien había jugado con él. Abochornado por su descuido, revisó su pistola. Más tarde vendría el ejercicio especial tantas veces mencionado por Woodhouse; pero en ese instante quería probar su arma de reglamento. Visitó el campo de práctica. Probó varias veces el tiro al blanco y la pistola se mostró firme y bien engrasada. Pensó en Jesús y los deseos de atraparlo y aniquilarlo. La Maritza real se volvió concreta y bella en su imaginación. Le gustaría agarrar a Yumilka y traerla de vuelta para juzgarla y hacerle pagar por sus crímenes.

También recurrió ese conflicto de identidad que le abatía desde tantos años atrás marcado por las dudas, la visita al país del sur e incluso las lecciones de la bisabuela Cachigua González a quien había prometido visitar una y otra vez después de su regreso. Uno de los pasos buscados y encontrados por ella para su regeneración física y espiritual estaba casi al alcance de la mano. Al México que también la había transformado se le tenía cada día en el vecino o en la propia metrópolis adonde su ciudad, Glendale se encontraba insertada. Cuba y sus misterios, ¿cómo serían en realidad?

Volvió a probar suerte con un disparo. ¿Se cumplirían los planes? ¿Encontraría allí también una parte de su genealogía? Las últimas horas con la mordida de la víbora llamada Yumilka se volvieron no sólo un infierno sino también una plaza de su vergüenza expuesta a la picota pública por comemierda. Volvió a disparar con rabia; ¿Santiago de Cuba? ¿Era ese su destino? Ahora resulta que de policía pasaba a espía. La pistola se calentó. El arma, lista y funcionando. Necesitaba también perfeccionar sus artes marciales. Su Taekwondo tenía que superar el estilo de sus enemigos. La pistola, casi humeante y los casquillos rodeándolo. Un disparo más y la cabrona de Yumilka, no se había equivocado. El arma sí funciona. La próxima vez necesitaba usarla no sólo bien sino mejor.

En la isla no hay serpientes

"Razón de su visita, profesor Martínez."

"En los documentos explica. Necesitar…un completo viaje en el país. Para escribir un libro sobre su historia."

"¿Cámaras, computadora portátil, teléfono celular?"

"Yes,..sí oficial. Es para escribir y recoger información."

"No hay problemas doctor…Martínez. Así mismo como dice usted. Recuerde, la visa que se le concedió es sólo por motivos académicos y es válida por un mes. Ahí tiene su pasaporte…. ¡Buena suerte! Welcome!"

¿Y ahora? A tomar un taxi pasando por ese intento de autopista casi sin automóviles y luego dirigirnos a ese mundo de edificios descoloridos y calles de una ciudad en ruinas. ¿Habrá dormido en ese hotel mi bisabuela Cachigua? ¡Ah, Habana Libre Hotel, antiguo Hilton!, probablemente mal servido.

"A esta dirección,"- le digo a este hombre conductor.

"¡L y 23!"- Me responde el taxista que parece arrancarte la propina.

Ya aquí, en la carpeta de hotel de Tercer mundo que parece Europa sólo quiero mi habitación en el piso doce o veinte y luego hacia…ah qué camas más cómodas. No recuerdo haber descansado en uno de estos colchones desde que era un niño. Pero mejor tomo una ducha y tal vez ordene o vaya y coma algo y luego a dormir, dormir y hasta mañana y visitar la universidad y a mantenerme callado y evitar contacto con la Seguridad del Estado. Con todo y el hambre que anda por ahí repartiendo raciones, me gustaría saber por qué hay tantas mujeres bellas con ese aroma irresistible. Y por cierto, necesito mantener este bigote y peluca y lentes grandes de sabelotodo. ¡Maldición! No me gustaría que Yumilka apareciera por ahí en medio de la calle. Un trago, necesito un trago. Por eso llevo siempre mi Gentleman Jack. Sólo un sorbo inmenso con hielo y luego otro más grande y entonces a dormir que mañana es otro día y las ventanas y el sueño … y los sueños…de las mamasitas lindas y el cielo azul…. Que se va acabando este trago tercero y me tiro entonces en este lecho sin malas compañías ni nada que me muerda. Hasta mañana abuelita…bisabuela Cachigua…hasta mañana maldita Yumilka. Te veré Maritza…si existes. ¡Ah…un traguito más…!"

El sargento Harry González se sumió en la tranquilidad del décimo tercer piso y no tuvo cena ni los baños que se había prometido tomar. Tampoco salió la primera noche a disfrutar del oscurecer antillano ni a aspirar el aire y mucho menos se le ocurrió husmear las hembras de la isla.

El vuelo proveniente de Cancún había arribado horas antes a la tierra adonde los hombres quisieron establecer un jardín del Edén desde la llegada del Adelantado Diego Velásquez hasta el barbudo pendenciero. El avión posó sus alas gigantes y con ellas los recuerdos de Cachigua y sus predicciones. "Vas a caminar los pasos de ese país. Vas a pelear y habrá sangre. Te recomiendo despojarte con la fuerza de los santos que hay en el Occidente hasta que te encuentres en el Oriente con la mujer por la que tu existencia y su vida se juntarán y entonces los enigmas y las imágenes van a crecer para destruir cualquier incredulidad cuando enfermes de juventud." Harry no sólo enfrentaba la tarea ya de por sí difícil de encontrar a la Maritza real sino también a su propio yo contradictorio. Con esa acción afrontaría al eficaz aparato de inteligencia de esa pequeña isla. Con su viaje también se desmitificaría un cuerpo y una personalidad camino del rejuvenecimiento, de una identidad que evolucionaría con la necesidad imprescindible de encontrarse a sí mismo. Completar los ciclos iniciados en México y con la tierra de sus otros ancestros aunque repetitivo el pensamiento, redondearía su yo. Pero antes debía concentrarse en esa personalidad adoptada de doctor en Ciencias Sociales para asegurar sus Pasos Perdidos en la nación caribeña y su Camino de Santiago para encontrar la verdad allá por el Oriente.

A la siguiente mañana se enmarañó en la creciente de nubes grises que embarraban el cielo. La humedad cayó sobre las calles y se evaporó más tarde cuando Harry se levantó y tomó un típico desayuno cubano de pan francés con mantequilla y café con leche. El expreso terminó no sólo de revigorizarlo sino también desperezó su cuerpo. Con un mapa en la mano, evitó el taxi y se encaminó hacia la Universidad de La Habana que se erguía a sólo unas cuadras. Prefirió subir las escalinatas de la Alma Máter. Ahogado por el esfuerzo, entró en la plaza Cadenas y luego indagó por la Facultad de Ciencias Sociales. Allí se comunicó con el académico que certificó su viaje. Explicó nuevamente su interés por estudiar la historia de Cuba y describió sus orígenes hispanos con esa identidad útil para esta aventura. Los profesores, el decano de la facultad y el informante de la policía secreta, todos observaban sorprendidos los instrumentos y el fajo de dólares que él iba a donar. A cambio, ellos le facilitarían descuentos de hoteles, carros por alquilar, mapas, guías y conexiones a través del país. Era como adquirir un pasaporte libre, claro, sino contactaba indeseables, disidentes u otra escoria, le advirtieron. En la isla necesitaba actuar como investigador real-no le disgustaba la idea- y meterse en los contextos intrínsecos de esa nación.

Todo debía parecer normal hasta que el equipo norteamericano se reuniera hacia el este del país. Andrew, sin embargo, arribaría en cualquier momento e iba a recalar en la marina Hemingway. Luego viajaría paralelamente, pero nunca o casi nunca en sus proximidades.

"Doctor, aquí todos sentimos respeto por usted desde que nos habló de sus credenciales."-le dijo un profesor, con tono adulón.

"Muchas gracias ¿Cómo decir es...su nombre? Ustedes acumulan mucha información. Mucho, muy interesante."

"Alberto Marroquín. Quizá su universidad establezca colaboración con nosotros."

"Les hablaré; pero recordar...estoy en sabático. Podríamos intercambiar más ideas. ¿Qué tal tomar unos...cómo se dice Margarita...cocteles?"

"¿Margaritas? ¿Qué es? Podríamos beber Mojitos en la Bodeguita del Medio. Aquí se produce el mejor ron del mundo."

"Bacardi."

"Ya no. Ahora se llama Havana Club. Podríamos ir a al lugar de Hemingway."

"¿Hemingway? ¡Ah ya recuerdo!"

"El escritor frecuentaba el Floridita y allí nos beberemos unos Daiquiris que eran sus favoritos. ¿Qué le parece esta noche? Por cierto, mañana, si usted desea llamo al buró de turismo y consigo un espacio en Tropicana. También me dijo que iba a permanecer aquí en La Habana no más de tres días. ¿No? Aquí está la guía de museos que me pidió. Mi amigo Alberto, el historiador le va a acompañar para facilitarle la transportación. ¿De acuerdo?"

Venía a ser lo usual. Los académicos, y profesionales de cualquier rama se encargaban de actuar como anfitriones cuando los visitaba un extranjero interesado en temas del país y de esa manera establecían una colaboración investigativa con sus universidades e instituciones. Harry pensó que esta compañía era preferible a la de ignorantes cazadores de fortunas y estafadores. Quizás de esa manera podía pasar por un americano buena gente que respetaba la cultura hispana de la que provenía. Hubiera sido mucho mejor actuar como bisabuelita Cachigua quien vino buscando el mundo del placer y el rejuvenecimiento, que por cierto se estaba repitiendo en él. Habló con Andrew a través de un celular satelital y luego tomó un taxi. Tenía que encontrarlo por la Marina Hemingway. Se movió estudiando y admirando la naturaleza hasta llegar cerca de una cafetería-bar para turistas. Las mujeres de fina calidad se exponían como productos de precios adelantados. La tentación crecía; pero no vino allí para ese mercado. Entonces, se sentó a tomar unas cervezas cubanas mientras escuchaba una ruidosa versión de timba a través de una de las bandas de moda. Entre una Cristal suave y agradable al paladar y una Bucanero más espesa y oscura, aguardó por Andrew hasta que éste se le acercó con el sobrenombre de Nick Rowlings, un canadiense de aspecto irlandés quien arribó al bar y pidió un trago doble de ron Havana Club. Lo saboreó y luego mirando hacia el océano, ordenó una Tropicola para aligerar su chisguete. Ni siquiera miró a González; aunque un rato más tarde se fue al baño adonde encontró a su cómplice, le estrechó las manos y le entregó una pistola de plástico calibre 45. Además, trajo consigo un nuevo teléfono que serviría de artefacto explosivo en caso de emergencia. Proveyó también a su compañero con municiones y una ropa antibalas de apariencia normal. Toda la operación se produjo en un simple intercambio y luego cada uno por su lado. Andrew mantenía contacto con los otros miembros del grupo y partió en la misma mañana que su compañero abandonó La Habana. Personificaba a un oceanógrafo cuando en realidad serviría de punto de contacto, de retaguardia y facilitador de una ruta de escape en caso de que las cosas no salieran bien.

En otros puntos del Caribe se encontraba Latisha, actuando como una escritora jamaicana y quien entraría por Santiago de Cuba tan pronto el sargento pisara el Oriente de la Isla. Luego ella se las arregló para regocijarse con Andrew mientras se completaba la ruta de averiguaciones y rescate. Woodhouse, por su parte aterrizaría en Holguín, en el norte del Oriente. Este último miembro del grupo arribó como visitante interesado en las antiguas villas de Baracoa y Santiago de Cuba. De alguna manera iba a encontrarse con Harry. Estas coincidencias no levantaron sospechas dada la gran afluencia de turismo internacional en la zona.

El sargento volvió a la mesa y actuó con una mirada de excursionista sorprendido. Le ofreció un coctel a una muchacha bien formada con facciones de mezclas remotas y negroides. Conversó un buen rato con ella y notó que había educación en sus gestos. "Soy ingeniera"- le dijo. "Estoy tratando de luchar lo que necesito para mami y la niña." La excusa que escucharía a través de la isla cayó en sus oídos por primera vez. Se lo advirtieron en el entrenamiento de inteligencia. Parecía como un disco repetido.

Andrew lo observó desde una esquina. A no pocos metros se encontraba anclado el yate, por eso creyó oportuno alejarse discretamente. Harry preguntó a la jovencita si vivía por los alrededores. Al señalar que ella residía en la Víbora, un reparto residencial a tres o cuatro millas de su hotel y luego de averiguar que un taxi la acercaba a su hogar, le rogó viajar con ella y de ese modo ambos volverían a su destino. La muchacha accedió y abordaron juntos el vehículo.

Ella lo observó con curiosidad. La calzada casi oscura por las lámparas vencidas o rotas más la sombra venida de los barrios circundantes, daban a la zona un aspecto decrépito. Un tráfico ligero para una calle relativamente grande también le ofreció al sargento una descripción de la capital en ruinas. La joven no tuvo reparos en expresar su ansiedad por la cercanía del extranjero y de su propia familia a la que no había confirmado su verdadera ocupación Él depositó un billete de diez dólares sobre su mano que ella no entendió por qué se lo había regalado. En su mente se dibujaron conclusiones sobre la sexualidad confusa del yanqui o tal vez dedujo que el hombre la había usado para compañía y para ordenar el taxi. Al final, concluyó que todavía existe gente en el mundo capaz de ayudar sin aprovecharse de las mujeres.

"Gracias. Me gustó mucho su conversación".-Balbuceó ella al despedirse.

Esa misma noche cuando el agente encubierto recorrió sitios históricos en la compañía de un académico, uno de los expertos del Ministerio del Interior cubano revisaba los videos digitales de los puertos de entrada y verificaba también identidades de posibles espías y enemigos. El oficial paró la copia con imágenes del día anterior. Observó el nombre de varios individuos, buscó en los archivos y los comparó. No estaba seguro; pero había algo sospechoso en el Dr. Harvey Martínez. Se notaban coincidencias de gestos con la de un policía de California grabado allá por los espías cubanos. Tendrían que contactar a Jesús y Yumilka. ¿Viaje al interior? ¿Hum? La mujer no fue difícil de localizar porque pertenecía a las fuerzas especiales de La Habana. Por otro lado,

Jesús se encontraba en Santiago de Cuba. "Bueno, algo interesante", dijo el especialista. A consecuencia de la alerta, ambos agentes fueron informados tan pronto Harry partió hacia Oriente. El disfraz y la personificación adoptada por el sargento sirvieron para que aquellos dos individuos que lo conocían de cerca negaran inicialmente cualquier parecido con él. Por su parte la CIA, mediante sus hackers trataba de robar datos peligrosos para reportárselo de inmediato al equipo conjunto de inteligencia norteamericana que empezó a nombrarse como Operación Serpiente. Posteriormente, un especialista yanqui entraría en el sistema cubano. Copió un fólder de la Seguridad cubana adonde se afirmaba que el sargento Harry González y el "Doctor Martínez" podrían ser la misma persona sólo como una hipótesis. Por eso el equipo de infiltración norteamericano fue instruido inmediatamente de tomar las debidas precauciones.

Pero lo anterior ocurriría después que "el doctor" tomara sus tragos en el Floridita y transitara por la Ciudad de las Columnas. Así mismo disfrutó de la Catedral y su plaza, de las edificaciones empedradas, y del Palacio de los Capitanes Generales y el Templete. Fue a la ceremonia del Morro y se estremeció con el Cañonazo de las nueve de la noche. Luego comió arroz con frijoles y picadillo a la cubana y observó las palabras del poeta Guillén marcadas en La Bodeguita del Medio.

Casi terminado el recorrido turístico del visitante y junto al olor fétido de una ciudad sin desagüe adecuado, caminaban el académico y el agente de seguridad. A pesar de ello, un disidente se le acercó creyéndolo un extranjero importante.

"Habla español?...¿Le gustaría conocer la verdad de este país?".

"Por favor, déjeme terminar...plática con estos señores."

Harry conocía detalles sobre ese tipo de conversaciones desde sus años en la universidad. Su información sobre el tema se enriqueció con sus cursos y por último el entrenamiento para la operación le había completado una visión actualizada del lugar. Él pensaba que su misión consistía en demostrar que su país superaba en mucho a esta banda de isleños controlados por la magia de una especie de rey barbudo:

"Comprendo sir but...I do not like politics."

"Lo molestan Martínez?"-preguntó un mastodonte con señas de policía secreta.

"No, just déjelo ir."

"Piérdete hijo de puta...", dijo el hombre con cara de perro.

"Como ve, no es tan mala nuestra isla".- el catedrático, le comentó- "allá podrá contar cómo la gente habla libremente. ¿Reconoció al supercrítico de mala fe? cuando terminan en la cárcel es porque son verdaderos mercenarios."

"Sure. ¿Why not? Muy bueno el daiquiri."

Ellos lo acompañaron a todos lados. Su anfitrión intentó obtener algún tipo de evidencia para aclarar su identidad. Comparó las fotos que le entregaron en las oficinas del Ministerio del Interior. Le consultaron sobre el lenguaje corporal del yanqui. En su larga experiencia con extranjeros pudo desenmascarar a traficantes, contrabandistas y enemigos encubiertos; pero en este caso no alcanzó a descubrir lo que buscaban sus oficiales superiores.

"Entonces compañero profesor ¿qué?"

"Para mí este Harvey Martínez no tiene que ver nada con Harry González."

"Ok. Pero no lo pierdan de vista. A distancia y sin presión porque con esos yanquis uno nunca puede confiarse. Ya puede retirarse."

Mientras este intercambio de agentes ocurría, el pobre disidente que osó acercarse al sargento González yacía en una mazmorra oscura de los cuarteles generales de la Seguridad del Estado. Unos años antes las mismas celdas se colmaron de disconformes, algunos de los cuales cumplían ahora condenas en diferentes prisiones. El oficial de alto rango y el especialista en videos, elementos electrónicos y de programación se retiraron. Harry, por su parte decidió rentar un auto. El chofer anfitrión, se encargaría de que éste manejara un carro con rastreo de vigilancia.

Jesús Gámez, su rival y archienemigo fue llamado desde Santiago para seguirlo de lejos, gracias al aparato de localización. Harry, por su lado disfrutó del paisaje de los enrejados de las casas habaneras, de las sombras de las callejuelas antiguas y también de las sonrisas de hembras a la caza.

Desafortunadamente, la visión que tenía de la dama local se había degradado en la ciudad caminada por Harry. Notó una especie de anorexia colectiva que invadía las calles, las plazas, los museos y las universidades. Sí, había por doquier un derroche de belleza multirracial pero el hambre escondida se dejaba asomar. No obstante, ya cansado, decidió ignorar la tentación y concentrar su mirada en el ambiente urbano, la historia y otros detalles que ayudaran a mantener la personalidad inventada para él.

"Doctor Martínez, tenga suerte en su viaje y no confíe en nadie. Usted puede llamarnos desde Trinidad o cualquier otra ciudad. Vamos a notificarle a los compañeros de los departamentos de historia...Nos vemos a la vuelta."

"Tal vez vernos en un par de semanas."

Tan pronto salió del hotel, condujo hacia el Malecón para franquear el túnel que lo trasladaría hacia el este de la capital. Antes observó el océano azul que reflejaba el cielo y las pequeñas ciudades costeras. Otras imágenes diferentes se alineaban junto al malecón, los edificios decrépitos y algún que otro majestuoso palacete. Más tarde se sumergió en la penumbra del viaducto submarino. Al atravesarlo se dijo si no habría en toda la comarca alguien tan ardiente como Yumilka. ¿Se conservaba tan perfectamente femenina como la Maritza verdadera a quien imaginaba superior a la usurpadora que lo motivara tanto?

Mientras esas imágenes femeninas invadían la mente de Harry, éste intuyó que lo perseguían. Andrew debía enterarse. Era preciso contactar a los otros miembros del grupo. De todas maneras, los mensajes descifrados de la inteligencia cubana ya habían ya llegado al equipo y estas percepciones debían sopesarse a la hora de abortar la misión o simplemente continuarla como estaba planeado. Algo debía hacerse y así lo decidieron. Unas millas más adelante revisaría el vehículo para descubrir si había algún dispositivo rastreador. Volvió a pensar en la isla y sus mujeres. En pocas horas reafirmó el criterio de que se entregaban fácilmente porque su único interés consistía en cazar a un extranjero para así emigrar y salir del infierno. Recordó a Yumilka, una hembra diferente con sus propias convicciones y su piel se puso como carne de gallina. Por eso concluyó que en ese país de puros y ron también sobraban guerreras y serpientes para inyectar su veneno y morir por sus ideas.

En el camino de Santiago

Después que Harry se comunicara a través de su teléfono satelital, se planearon algunas acciones de distracción. Andrew llegaría a Trinidad, o al menos cerca de esa vieja ciudad. El sargento de Glendale conduciría primero a Sancti Spiritus donde contactó a los historiadores locales. Allí sintió una fuerza distante que se posesionaba de él. Soñó con la bisabuela y percibió un mensaje venido de tierras lejanas. Siguiendo las recomendaciones de Cachigua decidió encontrar un santero. Había ignorado sus encomiendas de atenderse en La Habana; pero aquí en el centro de la isla residían también curanderos que le prepararían buenos hechizos para protegerle. Quizá esa falta de resguardo propició las sospechas de la inteligencia local. "No cabe duda"- pareció decirle Cachigua- "no pierdas más tiempo". Ya en Trinidad encontraría algún babalao que arreglara un poco las cosas.

Mientras tanto Yumilka tomaba el avión hacia Santiago de Cuba. A ella no le agradaba Oriente; pero ya vuelta a su función de oficial de Seguridad debía seguir órdenes. "¿Cómo será el doctorcito?"-pensó. "Tal vez un pedante que se cree muy inteligente. ¿Será Harry? Bueno, ya veremos."

Por otro lado, Jesús había llegado a la Habana desde Santiago a controlar los movimientos del sospechoso. Le tomó un par de fotos a distancia y pensó "que este tipo era endemoniadamente parecido al sargento de Glendale a pesar de su disfraz". ¿Por qué intercambiar polos cardinales cuando cada uno pudo en su región encargarse del yanqui? Sólo la mentalidad desconfiada de los comandos de la Seguridad del Estado podría contestar la pregunta. En ese día quinto de la estancia de Harry González en la isla, hubo cambios de acontecimientos. Como ordenado por su bisabuela se fue a Trinidad, la vieja ciudad colonial enclavada en el Valle de los Ingenios. Jesús quedó retrasado por un ligero inconveniente. El sargento condujo hasta el lugar adonde un santero lo limpiaría de malas influencias. Inmediatamente, el brujo percibió la fuerza del americano, de su familia, de su herencia hispana y de los peligros y aventuras a su alrededor. Allí se soltaron los caracoles y Harry depositó veinte dólares en un recipiente.

"Mister", -le dijo-"ha venido de lejos para una misión. Yo sólo obedecer mis espíritus y mis Orishas. Ellos decirme que usted es hombre bueno. Presentarse a buscar mujer, mujer loca que nadie encuentra. Camine hacia el sol. Sangre y gente muerta. Ahora quitar ropa. Necesita protección."

El sargento sintió una voz. Sonaba como la de Cachigua, que le repetía: "Obedece. Sigue sus admoniciones. Cree si quieres llegar. Cree si quieres encontrarla. Límpiate de malos espíritus, él sabe de esas cosas." Había un enorme gentío rondando la sala de espera. Súbitamente, el hechicero escuchó un mensaje y avizoró una luz en su altar. El hombre blanco y extranjero necesitaba ayuda. "Pocholo el Santo" sintió la corriente nacida de una ciudad gigante y lejana.

"Es mi biznieto". Las palabras provenían de aquella americana que le entregó su cuerpo rejuvenecido años atrás. Recordó con orgullo la posesión de esa anatomía. Reconoció también en este yanqui los mismos síntomas comunes de la enfermedad de la antepasada que él poseyera. Resultó ser un escogido, de los pocos que se enferman de juventud. ÉL conocía el asunto por experiencias propias. Vendrían recaídas, recaídas hasta que ya no hubiera célula, ni hueso, ni órgano que reinventar y hasta que un día, el organismo, cansado de la regeneración comenzara finalmente a envejecer.

"¿Entonces tomo baño?"

"Sí. Ahora mismo." –respondió el hechicero.

Con sus sentidos exaltados, Harry se desvistió y obedeció la voz que transitaba el éter y que se había enroscado en los instrumentos del santo Pocholo. El olor a perfume barato, a hierbas desconocidas y a diferentes polvos inundaba el ambiente del cuartón. El brujo se acercó rociándole aguardiente y ron. Un gallo traído de urgencia fue decapitado y con su líquido aún cálido lo embarró por todo el cuerpo.

"Acuéstese. Necesita chivo también. Un poco más de gastos."

"Ok. I…yo pagar todo."

El santero instruyó a uno de sus discípulos a través de una ventana que trajera el animal. Rápidamente, cuando la sangre del gallo aun se secaba y Harry casi vomitaba de asco, vio cómo Pocholo el santo cortaba el cuello de la cabra y recogiendo en un jarro el líquido rojo lo vertió sobre él. El santero le recordó que debía permanecer en el cuerpo hasta que se evaporara para que lo protegiera mejor. Le pidió acomodarse en un pequeño rincón, especie de closet en el que podía caminar si lo necesitaba. Otros creyentes entraron, recibiendo sus servicios y probablemente percibieron el tufillo a sangre fresca. En su soledad, el sargento escuchó un toque de tambor. ¿Por qué le agradaba? Aparentemente, sus raíces ancestrales podrían explicarlo.

Cuando Jesús partió, ya el sargento de Glendale comenzaba a limpiarse de aquellos menjunjes de sangre, colonia y flores que formaron un aura protectora alrededor de su cuerpo. Su enemigo andaba por Santa Clara y se dirigía a Trinidad. Harry, que no había probado cabras en su vida, tomó unos pedazos del chilindrón, especie de estofado de chivo, y probó las vísceras sazonadas. Las masticó con algo de asco y de curiosidad aunque no le parecieron tan malas. Luego de averiguar el pago normal para esos casos, depositó casi el doble sobre una mesita.

"Cuidarse. No todo está claro. Salir con dios, hombre."

"Gracias."- dijo el sargento con cierto escepticismo. Para su sorpresa reconoció a su propia bisabuela detrás de las pupilas ensanchadas del hechicero. Lucía sonriente y complacida de que encontrara sus propias raíces y se bañara con la protección de los Orishas africanos. Volvió al coche y esperó por su amigo Andrew quien desembarcaría pronto. Esa noche se quedaba en la ciudad. El camuflaje y las distracciones tenían que empezar a funcionar. Esa mañana con el motor a toda marcha su compañero recaló en una playa casi deshabitada aunque preparada para visitantes eventuales. Tomó una motocicleta con placas falsas y a toda marcha se dirigió a Trinidad. En un par de horas y entre las brumas de la tarde llegó a los suburbios de la ciudad. Ya Jesús se apostaba en un barrio de las afueras para espiar su objetivo. Andrew, por su parte, colocó un dispositivo en el motor del vehículo del Asesino de la sien.

Para ayudar en su misión algunos simpatizantes en la isla se activaron gracias a las instrucciones de Latisha. Andrew volvió urgentemente al lugar adonde se encontraba su navío. Agentes de aduanas lo interpelaron aunque fue hábil para esconder la moto. Revisaron la documentación y le recordaron que si deseaba moverse tierra adentro necesitaba un permiso especial. Él asintió y zarpó hacia el oriente de la isla.

Mientras su compañero dirigía su nave a Santiago de Cuba, Harry González abandonaba Trinidad para entroncarse en la Carretera Central, arteria de sólo dos vías construida en la primera mitad del siglo XX. Hacia delante se encontraba Ciego de Ávila y la vieja Camagüey adonde pensaba pernoctar por un día cumpliendo su rol de historiador. Esa urbe no podría quedar afuera, con su historia de villa antigua y sus hijos poetas. Allí, sorprendido por los tinajones antiquísimos que adornaban el paisaje, el sargento sintió el mundo colonial de incontables iglesias y plazas.

La persistencia de Jesús era asombrosa; pues lo acechaba sin reconocerlo. El trabajo del babalao lo convirtió en casi invisible. Harry admiró la belleza que inundaba los empedrados coloniales con las mismas bondades que las otrora damas de alcurnia bendijeron en sus paseos dominicales en el viejo Puerto Príncipe.

La impaciencia de Jesús creció y por eso quiso someter al norteamericano a prueba, observarlo funcionando con sus artes marciales. Por eso coordinó un grupo de asalto. La estrategia se vio frustrada por la presencia de varios policías inocentes de la estrategia de los servicios secretos quienes lo rescataron y remitieron de vuelta a su hotel. A la mañana siguiente, el americano arrancó el carro rentado y el agente cubano, a distancia prudencial hizo lo mismo. Luego de salir de la ciudad, González activó el dispositivo en el coche de su enemigo. Como resultado de esta acción aquél quedó varado y sin ayuda en medio del camino. Eso le ofreció casi dos horas de ventajas. Cinco horas después, llegó a Santiago de Cuba.

Para el momento que Jesús logró conseguir ayuda, el coche volvió a funcionar automáticamente. Para ventaja de Harry, ese tiempo le permitió arribar a la casa natal del ingeniero Gámez. Contactó en esa ciudad a un par de individuos ya informados de la situación de esa familia, de la Maritza quien vivió unos diez años en el barrio; pero quien en realidad no había nacido allí. La mujer vino al mundo en Baracoa, la última ciudad de esa isla y también la primera fundada por los españoles. Las horas de Jesús se alargaron y para el momento en que él hubiera comprobado a través de los movimientos del americano lo que estaba pasando, ya sería demasiado tarde. El individuo se registró en el Hotel Casagrande, exactamente enfrente del parque Céspedes y la catedral neoclásica de Santiago de Cuba, empotrada en una pequeña colina como observando la ciudad.

Harry González se sintió como en casa. Las calles de Padre Pico, Heredia y Garzón albergaban gente buena y orgullosa y él podía intuirlo. Sus plazas se crecían junto a los hombres mayormente morenos y alegres. Pero eran las mujeres quienes completaban cualquier aroma necesario para hacer de la ciudad un sitio perfecto. En ese momento, recordó a Jesús, con su apariencia provinciana y lista para sus fechorías sin apenas hacerse notar.

Andrew, por lo pronto, andaba por la Socapa, una pequeña playa a pocos kilómetros del centro de Santiago y de allí partiría a Baconao, adonde él compartiría con sus "compatriotas canadienses." Esa noche, utilizó de nuevo la moto rápida y aprovechando la oscuridad colocó un pequeño artefacto para volar una de las llantas de Jesús. Luciría como un accidente; pero Harry la accionó en el momento oportuno y en el descampado de una carretera. En ese despliegue de juegos de espionaje, Yumilka se preguntaba desde su cuarto de hotel, si aquel hombre que la visitara en su interior allá por el norte se identificaba en modo alguno con este supuesto profesor e investigador. Tomó una decisión arriesgada. Se cruzaría en su camino antes de que él abandonara el lugar. Como antes intentó Jesús, buscaría desafiar sus cualidades de defensa propia, si éste las tuviera. O al menos estudiar sus reacciones, y tal vez de cerca, reconocerlo.

"Disculpe, señorita"-le diría él con voz fingida, al chocar sus cuerpos en los pasillos del restaurante. Deseaba probar unos bocadillos muy elogiados en el lugar. En el roce, él notó que Yumilka buscó contacto físico a propósito pero sus gesticulaciones, el perfume de camuflaje, el color de su cabello y una piel más morena lo encubrían. Ella sintió vibraciones, aunque era normal en una hembra fogosa. En ese momento, la secretaria temporal de **Corazón Heart** fue incapaz de reconocerlo. Se lo comunicó a sus superiores, quienes le ordenaron que se mantuviera allí de todas maneras. Luego de que Harry tomara sus raciones de masa de puerco con plátanos verdes fritos, congrí de frijol colorado y ensalada mixta, se bebió un Mojito y sonrío dándose por satisfecho. Su compañero ya listo, navegaría hacia Baracoa para luego, si se daban bien las cosas escapar por un rincón turístico al sureste de Santiago.

"Me voy para la ciudad donde nació la verdadera".

"Tenemos que distraer al Leopardo. La víbora, no soltó veneno."

"Y qué? ¿Te movió el cuerpo?"

"Cambio. Nos vemos luego."

Los controladores de sonidos, descifradores de mensajes se preguntaban quiénes eran. Por seguro debían ser yanquis o canadienses conocidos. En el peor de los casos, dos espías. ¿Quiénes eran?, se dijo Guerrita el antiguo inquisidor ahora trabajando en el centro de Comunicaciones del Ministerio del Interior de Santiago. Había sido trasladado desde Guantánamo, un tiempo atrás después de que algunos intelectuales de aquel pueblo fueran objeto de su persecución exagerada. Entrenado en cuestiones de Comunicaciones, trabajó en la estación de Espionaje a la Base Naval americana, allá por la provincia vecina. En esos momentos, radicaba en Santiago de Cuba. Él había conocido de cerca al ingeniero y había espiado a su esposa durante la etapa que aquel sirvió su condena en la prisión de Guantánamo adonde fue trasladado sólo para joderle la vida.

"Buenos días. ¿Disfrutó su comida anoche?"- preguntó Yumilka a la mañana siguiente. Necesitaba convencerse de que no era Harry.

"Muy sabroso señorita. En Texas no hay nada igual".- indicó con acento de mexico-americano y con ello dejó confusa a su inquisidora.

Luego se alistó para el rumbo final. En su camino, se encontraban Guantánamo y otros pequeños asentamientos. El Caribe lo escoltaría junto a un misterioso y cálido mar que recibiera los barcos de Colón y la corona española, las canoas cargadas de caribes así como los piratas y corsarios. Disfrutaba su personificación de historiador tanto como engañar a Yumilka. "Esa mujer siempre recargada de hormonas. No me gustaría toparme de nuevo con ella. Pero, si pudiera la arrestara porque me gustaría verla en corte allá en Los Estados Unidos. Está buena; pero es una criminal." Así Harry cavilaba sobre lo sucedido y lo que vendría cuando vibró el celular. "Hola. Es Latisha. Acabo de llegar de Jamaica. Ya nuestro amigo Woodhouse debe estar aterrizando también"-La representante de la CIA le escribía en esos momentos un mensaje a través de su móvil. "Mantén la calma y espera instrucciones y si no hay tiempo para comunicarnos, sigue lo mejor de tu propio instinto. Tú eres hábil y sabes actuar."

"¿Y no preguntas por Andrew?"- le contestó el sargento-. "Yumilka trató de identificarme y a Jesús…

lo voy a dejar varado por un tiempo. ¿Qué sabes de Woodhouse?"

"Ya te dije, debe estar tocando tierra en estos momentos. Esta noche llega a Banacoa."

"El lugar se llama Baracoa."

"Ok historiador. Nos vemos."

Al terminar el intercambio de mensajes ya Harry salía de la villa. Atrás quedaban las montañas y las avenidas que la adornaban. La trova antigua resonaba en la radio con sus canciones melódicas y románticas. Dejó un estadio de béisbol lleno de campeones, una botella de ron gigante, un mar fétido, un teatro con pretensiones contemporáneas, una plaza de actos públicos y propaganda oficial con espacio suficiente para cientos de miles de personas. La única autopista de esa zona funcionaba; aunque los vehículos escaseaban y no había respeto por los carriles. Camiones cargados de gente, ómnibus destartalados, antiguos coches norteamericanos y algún vehículo soviético cruzaban con su velocidad irrespetuosa cerca de su Honda rentado. No obstante, le sorprendieron los peatones con equipaje atravesando la carretera "¡Diablos! Ésta gente hubiera creado un cabrón problema en Los Ángeles" – pensó. Una hora más tarde de abandonar Santiago de Cuba se adentró en la ciudad de Guantánamo. El polvo y el calor lo condensaban.

"Me sentía casi un estúpido en el Honda aquel de tantas millas. Bajando por una de las calles que conducían al otro extremo, sentí un relampagueo extraño, como venido de una cámara. Alguien me vigilaba y necesitaba una foto para compararla quizás con otra. No sé, pero comencé a sospechar. ¿Por qué? No podía saberlo." Hasta ahora había sorteado desconfianzas, la cercanía de Yumilka y la presión de Jesús que era como tener una fiera acechante y a la caza. Necesitaba un descanso", relató Harry un tiempo después.

Casi al doblar frente a un hotel que llevaba el nombre de la ciudad de tránsito, un coche extraño con una mujer a bordo casi lo embiste. ¿Sería Yumilka? En todo caso, ¿Por qué no lo arrestaban? Se encontraba lejos de La Habana y no podría rastrearlo la Oficina de Intereses de Estados Unidos. "Al menos eso creíamos cuando comentamos lo sucedido. Me refiero a Latisha que era la persona más cercana a mí en medio de una geografía que tenía dispersos a los cuatro en tierra de nadie." contaría él tiempo después. "Tengo que bajarme y confrontar a esa persona"-caviló mientras una compatriota borracha se le aproximó buscando compañía.

"I am sorry. Está bien señor"- dijo expresándose en ambas lenguas, por si acaso. Ella parecía sospechar que un hombre tan blanco debía ser bien europeo o norteamericano.

"My name, nombre is Haylee. Mucho gusto."

"Harvey Martínez. It´s a pleasure."

"Qué bueno! Soy de Virginia. Trabajo como directora de un High School."

Él la observó por un momento. No tenía intención alguna de socializar aunque siguiendo su rol de doctor en ciencias sociales, creyó que como intelectual amable, no podía darse el lujo de actuar grosero.

"Dr. Martínez, Centro de Investigaciones Sociales de Texas y profesor asociado de Houston University. Voy a Baracoa. De vuelta regreso a esta ciudad. Por ahora, sólo necesito tomar un refresco y comer algo. Tal vez nade un poco. La invito a un trago. Solo uno. Quisiera llegar allá temprano."

"Hacia el fondo está el bar de la piscina. Un Mojito. No conocen la Margarita."

Un poco desconfiado, Harry encaminó sus pasos hacia el bar de la alberca. Necesitaba refrescarse. Pidió un refresco cubano, también ordenó un sándwich de jamón y queso. Luego, solicitó al mesero algo para relajarse:

"Por favor, prepararme dos Mojitos."

"American?"- preguntó el bartender. "Do you speak Spanish?"

"Sí, un poco. I try…trato. ¿Cuánto es? you know… los mojitos."

"Seis dólares…Gracias"- agradeció el hombre al recibir la propina.

Mientras la americana llegaba, González se colocó unos lentes de sol habilitados con una cámara panorámica. De ese modo encubría aún más la personalidad adoptada y por otro lado podría vigilar mejor lo que sucedía a su alrededor. La mujer caminó directamente hacia él. Ya en sus cuarentas, se conservaba bien y lucía ropas que dejaban ver sus curvas de origen europeo mezcladas con sabor africano. Sin intenciones de estropear su itinerario, la recibió amablemente y luego brindó por la belleza de la Isla.

"Ha sido un placer. Me gustaría quedarme más tiempo. Podríamos pasarla bien."

"Es una lástima Harvey. Mañana parto. La foto, se la mando."

"¿Vuelve a La Habana?"

"No, salgo por Jamaica y luego directo a casa. Ahí tiene mi número."

Good luck. Hasta la vista."

Cuando Harry regresó a su coche notó las siluetas de los enemigos cubanos. Él no conocía a nadie en la ciudad. A su favor, a unas pocas millas, se asentaba una base americana. Podría nadar a través de la bahía porque tratar de atravesar los campos minados resultaba muy riesgoso. Estaba preparado y hasta ahora ellos no mostraban interés alguno en movilizar un ejército en contra de él. Activó el aparato que afectaba el motor de Jesús y lo programó para una hora. El efecto fue mayor de lo que esperaba. Yumilka, a cambio, se quedó en Guantánamo, por si acaso. Jesús se comunicó con el mando superior. Algo le resultaba sospechoso. A pesar de todo, el doctorcito podría ser el mismísimo Harry González.

Baracoa o la genealogía

"Nuestro grupo"- dijo Harry- "se encaminaba a descubrir la verdad. Podríamos al fin desenmascarar todos los andamiajes del espionaje de la Isla. Hallar la verdadera Maritza constituía la directriz principal de todo el operativo. Si era posible rescatarla o si fuera necesario arrestarla. Y por otro lado, las descripciones de la bisabuela Cachigua, cobraban verdadero sentido. Todo comenzó a aclararse cuando reconocí mi pasado en la Veracruz de los González y se completó en este momento crucial cuando encontré mis Legrá, génesis de mis otras raíces. El tiempo y los siglos como tormenta justiciera me lanzaban a sus descendientes que aún abundan en aquella primera ciudad fundada por los españoles en esta maravillosa tierra."

El sargento percibió cómo crecía el cerco cuando cruzó la parte este de esa ciudad pobre de Guantánamo. Dejó a un lado su Universidad Pedagógica, aceleró y tomó el camino hacia el seco poblado de San Antonio del Sur. Algo como un pan en forma de montaña le dijo adiós. Tiempo después, Jesús, desconfiado de todas estas extrañas coincidencias volvió a quedarse varado en el camino. Su motor se paralizó al comenzar una cordillera de montañas. Estuvo a punto de perderse en un abismo. Y si no llegó a mayores fue por su agilidad como conductor. "Coño, esto si está extraño. En cuanto alcance el pueblo, me cambio de carro.",

Cuando el Asesino de las sienes llegó a Baracoa, ya Harry caminaba por el mismo callejón de la calle Raúl Cepero Bonilla adonde los ancestros de una rama de su familia habían residido por centurias. Los Legrá provenían unos de Francia y otros proclamaban sus raíces catalanas. La tatatatarabuela de Harry había vivido por esa misma área.

"Señora. Andar buscando a Maritza…. Ella fue amiga y conocí su esposo."

"Mucho gusto. Sabe…parece que nos olvidó."-le habló una anciana sorprendida "- Desde su último viaje no hemos sabido ni de ella ni de su esposo…Adiós vea…"

"Entonces, no saber…Por favor, me da vaso de agua". Harry se detuvo un momento a observar la simpleza del lugar. Algún vecino curioso hurgaba a través de las ventanas pues les extrañaba la presencia de ese hombre.

"No entiendo. No sé. ¿Qué pasó con ellos?"- inquirió la señora."

"El esposo murió. ¿Nunca saberlo? ¿Se enteró?"

La mujer, extremadamente blanca y arrugada, pareció entrar en una especie de trance. Fue como si el espectro del miedo, de los acosos y de las amenazas se expresara en su rostro. Ella supo del encarcelamiento del yerno, de los descréditos que sufrió y de lo que su hija por asociación sentiría. Si estaba muerto, ella presintió, debía ser obra de la mano que lo odiaba.

"¿Quién lo mató?"- preguntó ella con decisión. Se olía que aquel americano grande era más que un simple turista que conoció su hija.

"Mire señora. ¿Cómo se llama? Yo…no…tenga mucho tiempo."

"Me llamo Josefa Cantillo... Hace más de un año, ella vino de visita... Alguna gente, un enfermero que trabaja en el Hospital Psiquiátrico de Guantánamo me juró que ella se encuentra internada en ese lugar. Yo fui tratando de averiguar y claro que lo negaron. El enfermero que se crió en este barrio y vivía por allá no ha vuelto más. Ni una llamada. ¡Nada!. Ya estoy muy vieja para esos trotes. Mi esposo murió hace cinco años y ahora..."

"Eso piensan también en Los Ángeles. Que ella está escondida aquí, que probablemente la suplantaron con una impostora. El asesino escapó. Por su bien, no hablar con nadie. Niegue todo. Le prometo que nosotros vamos a ayudar." –Luego le pasó un pequeño fajo de billetes. Ella trató de rechazar la ayuda, pero él se lo impidió.

"¿Un café?"

"Sí, seguro. Dígame. ¿El esposo suyo era de apellido Legrá? Saber cuando... familia de él se mudó...venir al pueblo."

"Ah. La historia es muy larga señor. Aquí abundan los Legrá. Creo que el primero emigró de España, digamos, hace cientos de años. Existe una leyenda también de la nieta de ese primer Legrá que dicen que se enroló como soldado y se fue a México adonde se casó con un conde."

"Sabe Josefa. Parece que esa mujer fue una de mis ancestros. Digo antepasados. Su esposo, Maritza, ser mis parientes."

"¡Arreu vaya! ¿familia de mi hija. A usted lo mandó Dios para salvarla."

Coincidencias del destino que atraviesa el tiempo, las culturas y el mar. Aquí frente a esa viejecilla, viuda de un Legrá, sintió el aura de sus parientes. Otros Legrá vinieron a América o se enrolaron también como soldados en la pequeña villa de Baracoa. Ellos habían disfrutado desde antaño el misterio de lo fundacional y también de los caserones antiguos cubiertos de tejas alineados en las callejuelas estrechas. Maritza y el padre estaban directamente conectados a la genealogía de la que le habló Cachigua.

En otra dirección de los acontecimientos, Jesús, se encontraba ya en el pueblo de Maritza y andaba rastreando el coche de Harry. El espía cubano conoció de la presencia de dos americanos en el mismo hospedaje, lo cual podía significar algo. "Coño, este hijo de su madre dejó el carro aquí. Adónde rayos andará." –pensó con rabia e impotencia. No sabía que el sargento había caminado hasta la casa que visitó. Por otro lado, Woodhouse decidió dar un paseo por la costa. El cubano interrogó después a la madre de Maritza; pero esta se hizo la sueca para evitar respuestas precisas.

El hotel La Rusa, un pequeño hotel fundado por una noble del antiguo imperio zarista que destruyera sus ilusiones en ese rincón perdido, se convirtió en posada de los agentes norteamericanos. Las habitaciones se conectaban pero decidieron conferenciar sus ideas a través de los teléfonos. Fue así que acordaron intercambiar de vehículos. Jesús moriría de rabia hasta que pudiera re-localizar al sargento.

La situación se tornaba difícil. Ya los cercos de la Seguridad cubana se hacían presentes en todos lados. No sólo molestaba Jesús, sino también los acosos de Yumilka y los controles sobre el carro. Todos estos elementos predecían lo difícil del trabajo por realizar. En cualquier momento podrían movilizar más personal. Andrew, con su papel de canadiense oceanógrafo ya había recalado en la bahía. Sólo faltaba Latisha. Ella permanecía en Guantánamo. Aun cuando la comunicación entre Woodhouse y ella jugaba un papel dirigente, se notaba tensión entre las fuerzas compartidas. Eran la CIA y el FBI disputando el poder. El compañero del sargento González suavizaba el ego de la mujer. No obstante, por votación acordada, ella esperaba en el motel Casa La Lupe, irónicamente, una instalación manejada por el Ministerio del Interior cubano. Allí disfrutó de la paz del campo, de la piscina casi vacía, de la comida que le recordaba el estilo que su familia afro americana utilizaba. La sazón creole se replicaba aquí con un fuerte sabor a ajo.

Además de permanecer en Guantánamo, Latisha fue informada de que Yumilka andaba cerca. La situación se tornaba muy peligrosa. Entonces, aconsejada por su compañero, decidió hospedarse en aquel pequeño motel turístico en las afueras de la ciudad. Con suerte, podría planear las siguientes acciones. Con ropas poco llamativas, la agente norteamericana caminó también por las calles de la ciudad. Su condición de "jamaicana" alejaría un poco las sospechas. En este poblado abundaban las personas con raíces anglo-caribeñas.

Para conocer mejor el terreno, Latisha condujo su coche hasta las cercanías del hospital Psiquiátrico, ubicado en la parte sur oeste de la ciudad. Ella exploró el pueblo para conocerlo. Sería una coartada perfecta en caso de ser detenida o interrogada. Luego de mucho conducir, con un navegador para viajes y listas de personas llevadas de memoria, se presentó a una vivienda adonde "un pariente lejano, de apellido Thompson" la proveyó con valiosa información. Poco después se estacionó frente al hospital y dibujó con disimulo un esquema de entradas y salidas. Penetró al lugar en horas de visita y así pudo observar la posición de las celdas y pabellones de los enfermos peligrosos bajo custodia. Recogió toda la información que pudo y volvió a su retiro.

Cuando Latisha se desvistió se regodeó en las formas que la naturaleza le dotó. Todos sus músculos parecían justos y delineados. El estómago completamente liso combinaba perfectamente con las nalgas duras y típicas de quien ha heredado la sangre de África. Su color entre ébano y café reforzaba la fortaleza de su cuerpo y la sensualidad de su expresión. Frente al espejo, sus ojos grandes dilataban sus pupilas al recordar las caricias de Andrew. "Una locura. Entre él y yo se interponen los prejuicios y los colores que contrastan; pero jamás se reconcilian. Es como un niño grande y estos pechos que tanto le agradan"- dijo acariciándolos- "ya lo extrañan. Me gusta, me gusta..."-repitió mientras las manos buscaban sus enroscados cabellos tratando de sustituir los instrumentos del amado ausente. Con la yema del índice acarició la suave y oscura oquedad. "¡Me gusta!" Pensó nuevamente en Andrew y experimentó un orgasmo solitario que la disparó hacia el camastro. Entreabierta y sollozante, cerró los ojos mientras afuera, una lluvia tropical refrescaba el día. Ya relajada, le envió un mensaje a su hombre.

"Vamos a gozar aquí en este hotel. Cuídate y prepárense."

Para el momento que Latisha se preparaba para el re-encuentro, los otros miembros del grupo intercambiaron ideas sobre la operación de rescate, por si la verdadera Maritza se encontraba efectivamente retenida. Woodhouse y Andrew también organizaban juntos una estrategia para contrarrestar la faena de Jesús y la seguridad cubana. El tiempo faltaba, pero Harry insistió que ya terminada su entrevista con la suegra del ingeniero Gámez y esposa de su pariente por vía genealógica, él debía personificar hasta último momento su rol de historiador méxico-americano. Por eso se volvió al hotel. Llegado el momento, evadiría la persecución que controlaba sus maniobras. Todo lo contrario de lo deseado por sus enemigos, él utilizaría el aparato instalado por los cubanos no para guiarlos sino para distraerlos.

Jesús corrió hacia el parqueo cuando observó que el vehículo rentado permanecía estacionado. Con agilidad de gato, el sargento se escondió con habilidad suficiente para caminar hacia el hotel y contactar a sus compañeros. Había que contrarrestar este cerco. Harry necesitaba permanecer al menos un día completo en la villa; recoger suficiente bibliografía y datos como investigador de ciencias sociales. Era imprescindible caminar el Castillo de Seboruco que observaba la ciudad desde tiempos coloniales, también la fortaleza de la Punta, y por último el museo Matachín. Debía encontrarse con la Comisión de Historia, con funcionarios e intelectuales. También condujo al Toa, un río limitadamente ancho, adonde se afirmaba que se efectuaron los primeros combates entre los naturales y los invasores de España. Cerca del mencionado lugar, un afluente era bloqueado por tibaracones, una barrera arenosa a través de la cual se sumergían las corrientes que desembocaban en el océano. Harry también creyó oportuno recoger evidencias de sitios históricos para distraer a sus contrincantes. Pero antes de viajar, se comunicó con sus compañeros. Todos se reunirían en el llamado Yunque, una montaña envuelta por la vegetación.

Jesús pidió refuerzos y contó a partir de entonces con dos jóvenes mestizos adecuadamente preparados en la escuela de Fuerzas Especiales del Ministerio del Interior. Venancio y Rubén nunca habían participado en una misión de tanta responsabilidad. Entrenamientos, historias sobre el enemigo, persecución de elementos que en los sesenta abundaban en la región era ya historia y requirió en aquel entonces un gran número de combatientes. Si bien el oponente se exponía en números menores en fecha reciente, se demandaba a cambio mayor audacia y originalidad. Por eso Jesús, agente que conocía el mundo exterior les habló con energía y les informó que esa no era una misión cualquiera, sino una verdaderamente importante.

"Si ese llamado doctorcito es Harry González, debemos ser ágiles y fuertes. Puede tener una retaguardia. Observen los extranjeros. ¿Comprendido?"

"¿Lo atrapamos o hay que eliminarlo?"

"Venancio, ya les expliqué que no es presa fácil. Todo depende. ¿Listos?"

"¡Listos!"-gritaron ambos.

"¿Qué coño hace éste ahora por esa loma?" Pensó Jesús cuando notó que el localizador señalaba al extranjero en medio del Yunque. "Andando", ordenó a sus nuevos compañeros. Él desconocía la presencia de Woodhouse y "el supuesto canadiense" que se les había unido. Así que cuando los tres subieron hacia la montaña, los norteamericanos creyeron que era tiempo de vengarse. Harry dejó su carro cerca de la ladera de esa meseta. Caminó hacia el tope mientras sus compañeros iban por el otro paso. Los jóvenes miembros de la Seguridad, decidieron continuar en motocicleta. Jesús avistó en la distancia a Harry tomando fotos y grabando con su cámara, con esa mirada estúpida de doctorcito americano.

"Listo Andrew y Woodhouse, cuándo se acerquen hacemos que pierdan el control"

"De acuerdo, Ahí vamos."

En ese instante los dos jóvenes se aproximaron a los forasteros. Un movimiento en falso podía enviarlos al vacío y eso mismo ocurrió cuando Andrew y el del FBI saltaron para golpear con toda su habilidad a cada uno de los rivales. Inmediatamente, éstos perdieron control de sus motos y bastó otro empellón para que se despeñaran al fondo del abismo. Los gritos de la caída resonaron en la meseta. Los agentes norteamericanos, se escabulleron inmediatamente. Algunos turistas curiosos, se acercaron al sitio adonde había ocurrido el descalabro. Nadie notó la presencia de los yanquis quienes se encargaron de pasar inadvertidos. Bajando la montaña, Woodhouse caminó hacia su coche camuflado que había vuelto a ocupar. La moto de Andrew, ligera y flexible salió disparada a encontrarse con su amor. Si todo funcionaba bien, la próxima noche lograrían rescatar la mujer del ingeniero. Maritza, la que en cuerpo de otra había dado a Harry motivo para su obsesión. Mientras tanto Latisha había descubierto que la vigilancia en el hospital era grande y las vías de escape, limitadas. La posibilidad de atravesar el territorio militar cubano e ingresar a la Base Naval de Guantánamo, resultaba casi imposible. La idea de utilizar a Baconao como distracción fue propuesta por Harry. Escapar y esconderse en alguna isla del Caribe era viable. Si las cosas salían mal, siempre quedaba la Estación Naval.

Jesús alcanzó el lugar adonde sus colegas se despotricaron en el vacío de la muerte. Tenía una gran rabia interior. Miró con odio hacia el norteamericano que lucía impasible y tomando fotos.

"¿Qué hace? ¿Oiga, nos hemos visto antes?"

"Excuse me? No entender bien."- dijo Harry con su acento fingido de tejano con educación y con una herida que le cortaba ligeramente la cara, el pelo negro y los ojos oscuros para lucir diferente.

"¿Observó algo, un accidente?" – le preguntó Jesús, sin olvidar aquel rubio californiano de ojos claros y de gestos más arrogantes. Pero no, no parecía el mismo. No se atrevió ni a arrestarlo ni a continuar con interrogaciones molestas. Pero había que seguirlo, por si acaso. Entonces llamó no sólo a la policía, sino a la oficina de la Seguridad del Estado local y les solicitó peinar la zona. Ya para ese momento Andrew se metía en su barco y zarpaba. Woodhouse salió de la ciudad y esperaba hasta que Harry partiera.

"Abuelita, ¿tendrás razón? Ahora que he conocido mis parientes cubanos no creo que sean tan diferentes a mí mismo. Hubiera querido recorrer este lugar en otras condiciones. ¿Superará Maritza a la muerta, a pesar de su odisea? ¿Me reafirmará esta impresión que ha cambiado mi vida?". Eso cavilaba Harry cuando la voz llegó nuevamente para alertarlo de los peligros. "Adiós a los platillos de plátano y coco. Adiós al chocolate fresco. Adiós a las extrañas y viejas leyendas de ciudad centenaria, especie de emporio medieval. Adiós a las persecuciones del Jesús asesino que vino a pedir cuenta. Adiós villa que diste existencia a una mujer bella, y ayudaste a completar mi propio yo más joven como si se repitiera la magia de mi bisabuela."

El rescate

Salir de Baracoa se convirtió para los enemigos del Norte en un juego de ajedrez adonde las maniobras tácticas se multiplicaban buscando alternativas. Harry había arribado allí por la carretera paralela al mar mientras Woodhouse viajó a través de las montañas saliendo de Moa hasta llegar a la primera villa. Ambos pueblos le permitieron al miembro del FBI conocer diferentes pasos de altura. Para el sargento González, el mundo geográfico de esa zona no le resultaba del todo extraño. Ya había visitado algunas islas tropicales del Caribe adonde las elevaciones se empinaban a través del paisaje insular. Había practicado también alpinismo en las montañas californianas de Big Bear, amén de otros sitios del mundo.

Harry percibió que el paisaje y la cultura circundante, según sus palabras: "me estaban transformando y penetraban a través de mi cuerpo y mi propia mente. Era como si Cachigua, anduviera invadiendo mis espacios. Aquí observo mi piel rejuvenecerse, mis músculos crecer y endurecerse. Este proceso tan raro me produjo un efecto similar a los personajes de Highlander. Pero, no podría competir con ellos porque la energía renovadora no significa inmortalidad sino un retraso de la decadencia. Algún día, ya cargado en años recordaré estos sitios que llevaré en mí como la sangre de mi antepasada Legrá, la mujer hermosa y honrada que está por llegar. Ahora tenemos que cambiar la estrategia y cumplir nuestra misión."

"Woodhouse. Mantente alejado de Jesús. Trata de no encontrarte con él. No podemos hacer nada con su nuevo carro. Puede ser que caiga sobre ti algún tipo de vigilancia especial. Llama a Latisha y nos vemos en su motel."

"Hey. Asegúrate de tocar la puerta."

"Tienes que calmarte. Andrew y tú siempre andan bromeando."

Antes de finalizar la comunicación, se intercambiaron nuevamente saludos y precauciones. Los planes de moverse juntos y abandonar el vehículo de Harry fueron descartados y la estrategia consistió en confundir a Jesús, permutando nuevamente de carros para despistarlo. Woodhouse llevaba ropas similares al sargento y Jesús no pudo diferenciarlo adecuadamente aunque era ligeramente más alto que aquel, lo confundía la distancia y su corpulencia similar a González. También ayudaba al desconcierto el color de piel y ojos de ambos norteamericanos. Sin embargo, no había podido acercársele suficientemente ni se justificaba hasta la próxima caída del sol. Para confirmar sus sospechas necesitaba una excusa. El agente cubano tomó unos auriculares telescópicos para observarlo mejor. El agente del FBI notó la maniobra del Asesino de la Sien y aceleró al máximo para continuar con el juego de equivocaciones. Sus entrenamientos le permitían moverse con rapidez. El de la Isla solicitó apoyo a las autoridades locales. Sin embargo, no contaba con la habilidad de Woodhouse para detectar a distancia la presencia de patrulleros y por lo tanto desacelerar el vehículo para evitar las interrupciones de la policía. Tres veces notó a los agentes en el camino y en la última oportunidad, una motocicleta se le interpuso con actitud agresiva. Le informó de una supuesta violación y notó cómo el oficial se comunicaba, presumiblemente con Jesús. Recogió su multa y le fue informado de que debía comparecer a un juicio o pagarla inmediatamente en el juzgado local. El hombre del FBI, le ofreció veinte dólares. El agente lo miró con desconfianza aunque tomó el dinero y llamó de nuevo. Él no imaginaba cuán delicada era toda esta operación.

"Compañero Jesús, no creo que sea el mismo individuo. Es un turista español y seguía para Santiago en un Honda."

"¿Está usted seguro, compañero? Asegúrese, que lo puedo reportar"

"Positivo. No es el vehículo que usted menciona."

Woodhouse aceleró a toda velocidad. Tomó la llamada circunvalación que rodeaba el pueblo y entró a la ciudad de Guantánamo. Así evitaba pasar por el centro y podía dirigirse hacia el noreste, buscando el motel adonde su colega se escondía discretamente. Siguiendo las recomendaciones de Latisha arribó al reparto Caribe y allí abandonó el coche a la orilla de un río casi seco. Desde allí caminó hasta encontrarse con ella y presumiblemente con Andrew y su motocicleta. Éste último ya en el terreno de operaciones salió inesperadamente de un cañaveral para llevarlo hasta las inmediaciones del motel. Cuando llegaron, el compañero de Harry volvió a esconder la moto y ambos se aproximaron discretamente hasta la habitación de Latisha. Allí prepararon las armas y explosivos necesarios para las acciones venideras. Se comunicaron con el otro miembro del grupo y en una hora todos se reunirían para ultimar detalles y esperar la noche.

"¡Coño! Hijo de su madre.. ¿Adónde rayos se habrá metido el tipo este?", pensó Jesús al arribar al lugar y encontrar el automóvil en malas condiciones. Woodhouse, a sugerencia de Harry, había dañado algunas partes. Por teléfono, el mismo González había comunicado de la rotura a la compañía de alquiler y les reportó que continuaría su viaje hacia las montañas de Bayate, a unas veinte millas de Guantánamo. El sargento condujo el carro de Woodhouse y con el número que le habían facilitado en la Habana, González avisó a la agencia que regresaría en uno o dos días.

"¡Carajo! ¿Y ahora qué hago? Ya sé. Voy y me junto con Yumilka." Pensó Jesús. "Tengo que tomarme un descanso" A continuación se dirigió hacia el Hotel Guantánamo. Allí dejó su nuevo Honda sin los extraños problemas que sufrió con el otro vehículo. Alquiló una habitación en el segundo piso. Ya no fumaba, pero se le ocurrió que un buen puro y una botella de licor podrían relajarlo. Al final se decidió por una añejo Havana Club y dejó a un lado lo del puro. Iba a dormir un par de horas, pero antes rogó a Yumilka que viniera a su habitación. Ella no se sentía como para jugar a segundas intenciones. Se lo hizo saber. Le transmitió los detalles del viaje y le sugirió que se comunicaran con el área de Bayate. Debían vigilarlo para confirmar su presencia en la zona.

"Estás muy bien. Ya recuperaste el bronceado tropical. ¿Qué tal un poco de juego con aire acondicionado? Estoy jodiendo. Estoy muerto Mima. ¿Podrías comunicarte con el Estado Mayor? Infórmales de los detalles y que no lo pierdan la pista. Digo, no sólo allá por Bayate pero en toda la zona aledaña. ¿Tú notaste algo extraño cuando estuvo en Santiago o aquí en el hotel?"

"Mira Jesús. El tipo se parece muchísimo aunque tiene asimismo muchos detalles diferentes. Unas libras de más, el pelo, los ojos, la gesticulación…

"¿Qué Yumilka? ¿Sospechas de que se haya disfrazado?"

"Exacto. A mí también me da mala espina. Pero no lo hemos podido agarrar en ningún mal paso. Es muy hábil y además…bueno ya casi vuelve para La Habana. O lo pillamos antes con las manos en la masa o se va de vuelta a su país y su universidad a escribir libros y "descubrir" nuestra historia.

Mientras los oficiales cubanos intercambiaban puntos de vista, en el cuarto de Latisha, los agentes norteamericanos planeaban la acción de la noche. Por otro lado, aquella mujer que decidió visitar a su familia en Cuba a pesar de la creciente y comprometedora labor de su marido, yacía en un camastro detrás de las rejas de una celda solitaria para enfermos peligrosos.

"Harry. ¿Qué te hiciste en Baracoa? Luces como diez años menos. Ah, ya sé ¿cómo es esa historia de la regeneración y la abuela? Pareces hispano de verdad pero blanquito de L. A." –inquirió curiosa la americana.

"¿Tienes alguna idea de cómo llevar a cabo la infiltración?, preguntó el sargento. "O la de fuga"- dijo Andrew."

"Latisha. ¿Sería muy difícil entrar al pabellón donde se encuentra Maritza?"- requirió Woodhouse.

"Escuchen todos. En primer lugar, no es una instalación muy grande y eso nos ofrece una ventaja sobre el enemigo que cuenta con una guarnición limitada aunque según los reportes, la forman agentes muy bien entrenados. Penetrar en horas de visitas no resulta tampoco muy difícil porque allí sólo se encuentran internados doscientos o trescientos pacientes. La sala adonde suponemos está encerrada Maritza, se ubica en un espacio vigilado por varios custodios. Entre los enfermos, considerados peligrosos se incluyen asesinos y violadores; pero también confinan en ese pabellón a presos políticos. Allí permanecen a la vez unos ocho o diez miembros de la Seguridad del Estado. Tenemos que atravesar el hospital y luego penetrar en el área especial que permanece muy alumbrada. No podemos descartar un corte de luz eléctrica aunque el hospital cuenta con su propia unidad de emergencia."

"Un momento Latisha", dijo Harry usando toda su lógica de inspector de homicidios, "Primero, tenemos que provocar una interrupción de energía eléctrica pero también, desactivar la estación de emergencia. Dos: Debemos neutralizar los guardias. Tercero: Hay que reconocer con la mayor rapidez posible a los internos y evitar que el resto de la guarnición interfiera o alerte de lo ocurrido. Cuarto: tenemos dos horas para llegar a la lancha de Andrew."

Mientras él describía el plan que tenía en mente, los otros lo escuchaban buscando señalar algún punto inconcluso. Andrew recordó la ruta que llevaba a la base naval de Guantánamo. Si fuera necesario, la utilizarían aunque resultaba la variante más peligrosa. Mientras tanto, Woodhouse opinó que esa opción quedaba descartada porque atraería muchas fuerzas de seguridad y aunque intentaran cruzar la bahía en botes de pescadores, o el traído por Andrew, sobraban como en tierra las minas, amén de los buques guardacostas cubanos. Latisha, apoyaba la teoría de Baconao que había sido en definitiva la original y en caso de un cerco, podrían escapar a Jamaica, a la propia Base Naval o dirigirse incluso a los Estados Unidos.

"¿Qué tal y si preparamos una maniobra de distracción?"-sugirió González.

"¿Qué quieres decir?"- preguntaros todos.

"Jesús y Yumilka piensan que estoy en…Bayate. Si me presento por allí, ellos no sospecharían que vamos,… que yo voy en otra dirección. No creo que imaginen que hay en el país, un equipo de cuatro americanos listos para una acción comando. Ellos me están buscando a mí. Ya le informé a la compañía que renta carros. La moto… ¿qué tal si yo viajo en ella? Andrew, el navegador puede darme la idea de dónde me encuentro ¿no?

"Pero es peligroso y arriesgado. Tenemos que pasar inadvertidos hasta la medianoche. Pueden sospechar de nuestra presencia ¿Qué tiempo piensas estar por allá?"

"Salgo ahora mismo. El lugar fue resguardo de asentamientos franceses y de esclavos y encaja en mi labor de historiador. Bueno, escondo la moto de Andrew, camino por el centro del poblado. Luego me escabullo y vuelvo, casi listo para el rescate, ¿Qué tal?"

"Bueno, la idea es arriesgada; pero factible, ¿no Latisha? ¿Andrew?

"Harry no es sólo mi compañero; sino también mi amigo. No me gusta que ahora cuando necesitamos estar unidos se nos separe; pero definitivamente luce una buena idea. Bueno, Latisha...tú te encuentras registrada, así que por favor, compra unos sándwiches y refrescos."

Después de la reunión, Harry tomó la motocicleta de velocidad aerodinámica. Se podía recoger y doblar fácilmente porque estaba construida con materiales muy ligeros y especiales. Podía alcanzar hasta 300 kilómetros por hora y se movía prácticamente en cualquier terreno. Silenciosa como ningún vehículo, le permitió llegar a Bayate, en pocos minutos. Luego se escondió en las afueras y con una caminata rápida ya estuvo González en el centro del pueblecito a eso de las ocho y treinta e incluso le alcanzó el tiempo para tomarse un café. Luego circuló por las proximidades de la estación de policía y también por el único bar del pueblo. Sacó unas fotos y puso su cámara de video a funcionar. Algunos curiosos lo observaban y un par de agentes del orden parecían chequear sus actividades. A eso de las nueve, en marcha forzada, se internó en un cafetal para volver a la moto y luego se dirigió a toda velocidad hacia el motel. Media hora después de iniciar el regreso estaba de vuelta. Los oficiales de la inteligencia local recibieron la noticia de su presencia en aquel lugar.

"¿No te parece raro, Yumilka? ¿Vamos inmediatamente para Bayate u ordenamos una búsqueda con todos los elementos a nuestro alcance?" "Jesús, tenemos que avisarle al general. Es cierto. Esto no me gusta nada".

Ya dadas las diez de la noche, los cubanos esperaban por los resultados de las averiguaciones sobre el doctorcito allá por las montañas tropicales. Cuando ya estaba de vuelta todavía andaban buscándolo. En medio de toda esta situación, la naturaleza quiso complicar las cosas. Un inmenso aguacero dificultó la caminata de los hombres y mujeres removiendo escondrijos sin encontrarlo y de esa manera se retrasó por más de una hora el reporte oficial.

Mientras eso sucedía en los elevados, el tiempo en el motel y en la ciudad de Guantánamo lucía completamente diferente. La noche estrellada y clara pareció agraciada para un acto de amor. Sin embargo, los agentes extranjeros ya se movían con sus coches y la moto de Andrew. Un minuto antes de las once, Latisha subió a un poste de la compañía eléctrica y produjo un apagón frente al hospital psiquiátrico. Parecía un apagón más como los que acostumbraban a experimentar casi a diario los locales. Con agilidad, Woodhouse se dirigió al cuarto de control de energía. Andrew lo acompañaba y lo ayudó a desactivar la pizarra que alimentaba las diferentes secciones de la instalación así como también las conexiones con la planta de emergencia. Un par de guardias extras llegó a los pasillos para averiguar qué pasaba. Harry liquidó con habilidad a los custodios y luego se introdujo en el salón. "Fue, diríamos, el momento más emocionante desde que se encontró el cadáver de aquella mujer madura que me atormentó y me hizo pensar en la hembra perfecta." referiría el sargento tiempo después a su bisabuela. En las peores recaídas de amor y admiración, ella devino una entelequia inalcanzable.

"¿Cómo será? ¿Me atará a su piel o tal vez sucumbiré como esclavo a sus curvas, al color de sus ojos y sus labios? ¿Serán iguales a los de la usurpadora?" ¿Cómo reaccionaría él ante su presencia en medio de esta danza de muerte y atrocidades?

Ya concluida su tarea, los otros dos miembros del comando terminaron por inmovilizar a los escoltas del área de máxima peligrosidad del hospital. Con habilidad, González se movió de celda en celda. En algunas de las mazmorras, individuos con rostros escalofriantes respondían como fieras a los llamados del yanqui. Una tras otras abrió rejas y observó con cuidado su interior sin olvidar de someter antes a cualquier guardia que notara su presencia. Finalmente, cuando ya no había mucho más que revisar, sintió las lágrimas de una mujer que se enroscaba en sus sábanas, revolviéndose con el estilo típico de los que víctimas de una gran depresión se balancean para expresar su sufrimiento. Clara como la luna nueva y una nariz que sólo viera en el cuerpo asesinado allá en Glendale, sobresalía la Maritza verdadera. Hacía un calor sofocante aunque los escalofríos del estrés y el encierro la hacían sentir un frío horrible. Una dama asustada compitiendo con las siluetas de un cuadro de Goya se enroscaba al final de las paredes.

"Maritza…Maritza." Le susurró el sargento.

La mujer con los mismos ojos bellos de aquella doble fabricada, lo observó como despertando de una pesadilla. "¿Quién eres?..¿Qué quieres?", murmuró. Harry intentó leer en sus gestos el despertar de un letargo probablemente cargado de drogas, choques de electricidad y sabrá dios qué otras torturas que la convirtieron en una mueca de horror. Abrió la puerta de la celda y ella se estremeció cuando él pronunció nuevamente su nombre que transformó su voz en un sonido raro y cargado de emociones.

"Maritza. Vamos para California...Yes. ir.. vamos".
"¿Quién eres? ...Who are you?".
"Sargento Harry González, Glendale Police. Por favor, vístete." Para ese mismo instante, Yumilka y Jesús recibieron la noticia de que el doctorcito había sido visto en una extraña moto. Entonces, ¿dónde estaba? ¿Sería una maniobra de distracción? ¿Era el policía yanqui? La única razón de su estancia en esta pobre ciudad tenía que ser...¡claro!... ¡Maritza!...

"Yumilka, comunícate con las fuerzas especiales. Voy a llamar a la estación de policía del área sur de la ciudad. Nosotros pal psiquiátrico."

"Pero, ¿de Glendale...lo mandó mi esposo?"

"Sí, apúrese hay que escapar ahora mismo."

El equipo de rescate salió apresuradamente del lugar. Latisha lograría despistar a los cazadores y se les adelantó unas millas usando un vehículo todo- terreno mientras acomodaba en la parte trasera a la mujer. La cubrió con una manta. Luego condujo a través de terraplenes y vías accesorias que las llevaran al balneario de Baconao. Harry y Woodhouse robaron un auto Moskvich de fabricación rusa. La moto veloz serviría para el movimiento de Andrew. Unos minutos después del rescate, la compañía de electricidad arreglaba el corte producido por el sabotaje y la policía local irrumpió en el hospital. El resto de la guarnición se dirigió al centro del lugar. Atónitos y confundidos observaron a los hombres inmovilizados, a dos muertos y al resto gravemente heridos. Inmediatamente se advirtió al estado mayor del Ministerio del Interior. Los oficiales motorizados, los coches del G-2 e incluso la policía militar salieron todos a la caza del enemigo. Mientras esto ocurría, los agentes norteamericanos conducían hacia la carretera incompleta pero útil que los comunicaba adonde se encontraba el yate que utilizarían para el escape. Las autoridades de las provincias de Guantánamo y Santiago de Cuba invirtieron todos sus esfuerzos en la operación. En la sala de mando de Guarda Fronteras, y la Seguridad del Estado se establecían todo tipo de conjeturas. Jesús y Yumilka observaron la escena y tuvieron una corazonada. La descripción de casi una docena de custodios inmovilizados y la desaparición de Maritza no podía ser la obra de un solo hombre por muy hábil y fuerte que fuera. En la escena del crimen había actuado un equipo silencioso y preparado para acciones comandos. Eso era alta inteligencia. Estaban aquí y habían operado bajo la sombra de este falso profesor. Chequearon inmediatamente la presencia de norteamericanos en la isla y también de canadienses o europeos sospechosos. Las telecomunicaciones, los puertos de entrada, todo podría servir.

"Jesús, te llaman de la sala de Mando Central.- le dijo un oficial que lo acompañaba utilizando equipos de primera.

"A sus órdenes general".- le comunicó Jesús- "Como se sospechó hace un tiempo, Yumilka y yo hemos podido confirmar la realización de un operativo por espías yanquis en los que nosotros creemos que el sargento González participó. Todo tiene la marca de la CIA y el FBI probablemente, los agentes que enfrentamos en Veracruz se encuentren en suelo cubano."

"No estamos del todo seguros";- le comunicó el general- "pero es posible que exista una conexión con un oceanógrafo canadiense que en estos momentos se halla anclado en el Parque Baconao de Santiago de Cuba. Es necesario cortar el acceso de los espías a la lancha."

"Comprendido. ¡Patria o Muerte!."

"¡Venceremos! Utilicen el avión del general de división en el territorio. En quince minutos arribarán a

Baconao y de ahí al yate serán otros cinco minutos. Tienen que apurarse porque no podemos provocar tampoco un incidente con Canadá y menos con Estados Unidos, en caso de ser falsas nuestras sospechas. Suerte y saludos para Yumilka."

El cielo se nubló en los bordes de las provincias de Santiago y Guantánamo. El equipo de americanos y la mujer rescatada andaban ya por los caminos del sur. Más allá de las montañas, la penumbra de la noche cubría la naturaleza facilitando su movimiento entre los meandros que nacían de los ríos. Los vientos agitaban también la arena que invadía el pasaje. Todos los helicópteros escudriñaban su presencia. Los norteamericanos observaron un par de coches policíacos bloqueando la vía cuando Andrew con su moto venció los obstáculos, colocó armas especiales y adicionó el motor extra rápido.

Maritza comenzaba a despertar. El hábito actuó sobre ella recordándole que debía haber recibido su dosis de medicamento forzado. Los dos coches de la policía secreta, cercando el camino lanzaban disparos. Ambos automóviles se detuvieron y cuando los cuatro oficiales se aproximaron, los norteamericanos salieron de sus coches y los rociaron de fuego. De esa manera el comando se apropió de los vehículos no sin antes haber sido ubicados gracias a la información que transmitió uno de los oficiales fallecidos. La prudencia debía prevalecer si querían llevar a cabo sus planes con éxito. Había que conducir por un terreno desconocido y por vías no siempre seguras. Les quedaban apenas quince minutos para alcanzar la costa. En su contra se cernía la noche iluminada por helicópteros plenos de altavoces y disparos. El cerco se estrechó como un anillo casi impenetrable. Entonces, salieron de los dos autos policíacos que habían robado y emprendieron una marcha forzada. Ahora gozarían de la ventaja de esconderse entre la vegetación. Caminaron unos diez minutos, tal vez veinte. Jesús y Yumilka con un buen cuerpo de fuerzas especiales se acercaba hacia el muelle adonde Andrew esperaba. El agente cubano, convencido de que frustraría la operación de los yanquis gritó:

----A estos les partimos los cojones. Hoy se acabó Harry González.

Por el mar anda un barco de papel

El muelle lucía desierto. Andrew capitaneaba la única lancha todavía anclada allí. Desde su posición podía observar todos los movimientos de los guarda fronteras cubanos, de los miembros de las Fuerzas Especiales y de la policía local. Se comunicaba como había hecho la mayor parte del tiempo, a través de mensajes de texto. Harry y sus compañeros sabían que la situación se presentaba crítica. Maritza, asustada no reaccionaba aún. Ella experimentaba una pesadilla más complicada que su encierro en el hospital. Su sentido de la realidad se había alterado hasta el punto que la fantasía permeaba el espacio de su entorno personal

El acceso al muelle resultaba literalmente imposible. En Siboney existía un centro de diversión con pista de baile y cocinas para varios restaurantes. En su alrededor, pinos, uvas caletas y otros arbustos formaban un bosquecillo. Llegar allí, significaría enfrentar una muralla de guardias. Se había evacuado el lugar y en un kilómetro a la redonda sobraban agentes y helicópteros. En un restaurante- cabaret, Yumilka ayudaba a coordinar operaciones y recibía información actualizada.

Del otro lado de la carretera, única vía de acceso al lugar, Harry, Woodhouse, Latisha y la mujer rescatada se movían por una colina de vegetación espesa y por tanto difícil de visualizar por los helicópteros. Las espinas del marabú cortaban sus vestiduras; pero al menos lograban apostarse para el ataque cubiertos por el matorral y los pinos sembrados para ornamentar al lugar. A pocos pasos de los fugitivos se enseñoreaba el Mar Caribe. Los guardacostas cubanos disponían de al menos cuatro lanchas para bloquear la evasión y se preparaban al asalto; mas no contaban con el blindaje del yate de la CIA. No imaginaban tampoco que éste poseyera armas potentes y de tecnología desconocida. Esa ventaja podría ayudarlos aun cuando una concentración de fuego proveniente de las embarcaciones de la isla podría inutilizar los motores y los cañones Láser. Las opciones para maniobrar y escapar eran claramente limitadas. Andrew se alistaba a pelear siempre en contacto con los otros miembros de esa odisea, quienes deberían enfrentar lo peor para llegar a él.

El bloqueo se tornó particularmente agresivo porque había perros y guardias de sobra. Aun así, una pobre franja de vegetación corría paralelamente a las laderas de la colina conectadas a la carretera. Latisha se preguntaba si habría algo, un lugar, una vía u opción que los pudiera socorrer. De pronto, cuando todos los eventos se mostraban completamente desfavorables, Harry escuchó la voz llegada del otro lado del océano. Escuchó los pensamientos telepáticos. Su bisabuela quería participar en las acciones y así salvar a su querido bisnieto. El sargento González sintió que la jornada intensa que había experimentado lo estaba afectando. En ese instante en que los eventos se habían complicado hasta lo inaudito, recordó al hechicero de Trinidad. Sus músculos y su mente actuando y pensando con diez años menos convocaron a una especie de conferencia con los espíritus, con los conjuros y con las protecciones que había recibido.

"Latisha. Tengo un plan. Tal vez nos ayude en algo."

"Ok Harry, pero habla rápido y bajito. Los tenemos ahí mismo."

"La idea es movernos fuera de ese perímetro de seguridad que han establecido alrededor del muelle adonde aguarda Andrew. Podríamos internarnos en el bosque que hay bordeando la costa y tal vez hallar algún edificio o instalación que nos ayude con nuestros planes. Eso nos garantizaría al menos acercarnos por un flanco, sin enfrentarnos directamente a la concentración de fuego enemigo y así tratar de llegar al yate."

"Es muy peligroso Harry. No tenemos ninguna seguridad de que eso resulte. Y por otro lado, Maritza se encuentra muy débil".- comentó Woodhouse.

"¿Contamos con otra solución?"- replicó Harry.

"Utilicemos el navegador. –comentó Latisha – "¡Aquí! Creo que González nos ha alumbrado. Hay algo cerca con un estacionamiento amplio."

Unieron sus puños cuando Maritza comenzó a comprender qué pasaba y entonces sintió un poco más de confianza. Todos iniciaron una marcha acelerada, escondiéndose cada vez que una luz iluminaba el área. Mientras eso sucedía, las naves guardacostas se acercaron peligrosamente a Andrew. Éste decidió mantener silencio pues deseaba evitar intromisiones en las operaciones. Era lo mejor porque actuar discretamente le facilitaría apoyar a sus compañeros quienes le habían informado de sus movimientos. Latisha y Woodhouse le advirtieron la nave no podía caer en manos de la gente de la isla por ningún motivo. Cualquier intento de abordarla tenía que ser rechazado y si fuera necesario, como último recurso, debía escapar dejándolos a ellos encontrar otra vía de fuga.

"Si tienes que irte, ¡Hazlo! Cuando te dé esa orden o cuando pongan en peligro el yate, I love you¡"-le transmitió Latisha.

"I love you too!"-le contestó él- "¡Vamos a pelear y salir todos de aquí!"

"Andrew, comunícate con la Base Naval de Guantánamo e infórmales que necesitamos cobertura especial, por supuesto, en aguas internacionales." Apúrate porque tiene que ser ya." – le ordenó Woodhouse con preocupación.

"¡Comprendido! Vamos a patear algunos traseros."- le respondió él.

Mientras eso ocurría. Jesús vigilaba la costa y reflexionaba en la posibilidad del combate con los espías yanquis, come mierdas e intrusos que habían venido a manchar el suelo patrio, según sus razonamientos. Su mejor recompensa consistiría en eliminarlos a todos. Sin embargo, había recibido órdenes de atacar sin matar, a menos que hubiera estricta necesidad. El alto mando estaba muy disgustado con sus operaciones en el extranjero. Aunque él había tratado de justificar todas las muertes violentas, en realidad el gobierno de la isla no mostraba interés alguno en fomentarlas. Sus espías, según oficiales de alto rango "sólo debían actuar para defender la patria; y en modo alguno personificar una imagen de asesinos que ejecutan víctimas no agresivas y en algunos casos inocentes". Para sus superiores, sus encuentros con el sargento de California y con la policía de México resultaron inaceptables, a pesar de todas sus explicaciones. No lo habían destituido de sus funciones porque era el agente mejor preparado del grupo especial al que pertenecía. En este negocio de espionaje moderno, combatientes como él y la ex amante de Escribá resultaban invaluables e insustituibles. Conocer las mañas del envenenamiento y ser experto en técnicas de combate cuerpo a cuerpo se imponían. Las extremidades y la cabeza triunfaban sin mayores aspavientos y riesgos. Jesús era peligroso, demasiado agresivo; pero lo necesitaban.

"Yumilka, ¿Tienes un momento?"

"¿Qué quieres? Sabes que no me puedo mover de aquí."

"Mira, yo necesito hablarte a solas. ¿Vamos a la oficina del administrador?"

"Aquí estamos."

"Acompáñame un momento al otro salón. ¿Tienes las llaves?"

La mujer que fuera la más sensual de las empleadas de la firma de Juan Carlos Escribá, se sentía presa de un gran estrés y a la vez de un sentimiento personal de auto incompetencia. "¿Cómo carajo no pude identificarlo? Yo le he visto hasta la madre. Y ahora Jesús viene a forzarme a sabrá qué. Bueno, yo me siento igual, ¿qué pierdo?" pensó mientras lo acompañaba. Ella venía evadiéndolo desde que se vieron en el hotel Guantánamo. Tal vez debía ceder. Necesitaba relajarse. Recordó a Escribá y todos sus regalos. Y también visualizó los señores que conocieron su anatomía llena de fogosas necesidades. No obstante, la imagen del sargento Harry González con su cuerpo, inundado de músculos y reflejos ágiles la conmovió. Recordó las sesiones con su enemigo a quien llegó a hacerle el amor con una vehemencia poco común en ella. Jesús, la había manipulado y la utilizaría. Así que lo haría por el simple hecho de complacerse mutuamente.

"Vamos, que tenemos el tiempo limitado. – le dijo.

Mientras los dos agentes cubanos buscaban aliviar su estrés con el fuego de sus cuerpos, los tres norteamericanos y Maritza se movían hacia el oeste lo más pronto que les permitía su esfuerzo. Harry agarró la mano de la cubana y sintió no sólo un choque eléctrico sino una necesidad inmensa de convertirse en su salvador. La cargó en su espalda un rato y sintió celos cuando Woodhouse la tomó como si fuera una pluma delicada. Latisha pasó momentos de rabia y envidia porque una rubita hispana venía a ser la causa de toda esta odisea. Le producía simpatía su pesadumbre; pero también rechazo por su origen y apariencia. La agente se paró un momento para comunicarse con Andrew y conocer si ya había contactado la Base Naval.

"Todo bien. Ellos van a ayudarnos con el rescate en cuanto salgamos de aguas cubanas Cuídense y traten de llegar con vida." –le contestó él.

Todo confirmaba que a poca distancia había un pequeño club nocturno encimado a la pequeña colina por donde ellos caminaban. Unos tres guardias protegían el lugar por lo que tenían que actuar rápido y en silencio. "Quédate aquí arriba".- le dijo Harry- "Todo va a salir bien." Maritza lloró porque recordó a su esposo, a sus hijos, a su casa de Glendale. Hacía meses que no gozaba de una memoria coherente de todo lo que había logrado allá en su tierra adoptiva. Por lo pronto, todos alistaban sus armas. Mientras el sargento escoltaba a la mujer, Latisha se dirigió al estacionamiento y abrió con agilidad un vehículo. Con alguna que otra maña, lo encendió con tiempo suficiente para que los otros entraran al mismo. Del otro lado de la carretera se ubicaban una sala de video, un parqueo y algunos militares. Con las luces apagadas cruzaron a toda velocidad hacia la sección contraria del estacionamiento mientras un guardia les ordenó parar. Ellos lo ignoraron por lo cual el oficial se aprestó a atacarlos. Los yanquis lo atropellaron y luego dispararon a otro de los agentes de seguridad quien resultó herido, aprovechando para hacerse de fusiles AKM. Harry se batió con agilidad hacia él y se apropió del equipo de comunicaciones localizado en un pequeño cuartito anexo. Luego corrió detrás del coche de sus compañeros que se dirigía hacia al salón de videos. Un último guardia trató de notificar a la comandancia. No tuvo tiempo porque el sargento González disparó una ráfaga que lo eliminó del camino. Jesús y Yumilka ignoraban lo ocurrido porque ambos sofocaban sus necesidades. El grupo se apresuró a alcanzar la salida trasera, que daba a un patio pequeño y de esa manera obtuvieron tiempo suficiente para internarse en el bosque. Se olía la brisa del mar y se avistaba una playa que iba terminando para dar paso a un calado mayor circundando el muelle adonde Andrew parecía calibrar el tiempo de la batalla y la retirada.

Mientras varios miembros de las fuerzas especiales se acercaban, Yumilka y Jesús accedieron al área próxima a sus enemigos. Lindante a la costa, el equipo de americanos y la ex –prisionera del hospital siquiátrico notaron la embarcación. Reconocieron también los guarda-fronteras encendiendo sus luces y dirigiéndolas hacia el litoral. Cuando estuvieron a una distancia de sólo cincuenta metros, algunos de los militares en posición de combate, abrieron fuego. Harry respondió liquidando a un par de sus contrincantes mientras una bala le rozó el brazo derecho. Maritza, retomando milagrosamente sus habilidades perdidas por el encierro, le arregló una venda con trozos de sus propias vestiduras.

"Gracias, ahora ir… sígueme. Cuídate y escóndete".- le susurró el sargento.

Los proyectiles comenzaron a llover de nuevo. Para contrarrestarlos, Latisha y Woodhouse crearon una barrera de fuego mientras el sargento y Maritza alcanzaban el bote. Ya cerca de la costa, apareció Jesús para impedirlo.

Las miradas de dos viejos enemigos se cruzaron. Ambos alistaron sus pistolas como en un duelo del oeste; pero su mutua agilidad evitó que los disparos dieran en el blanco. Guardaron entonces sus armas y decidieron enfrentarse cuerpo a cuerpo. Harry le gritó a Maritza que corriera hacia el bote y tratara de alcanzar la lancha de Andrew tan pronto como llegaran Woodhouse y Latisha. En su camino, se interpuso Yumilka quien la atrapó. González recibió en sus costillas una especie de martillazo. Sintió cómo crujieron sus huesos. Sin preocuparse por el dolor, contra atacó y evitó varias veces el golpe sobre su sien. Jesús, también lastimado buscó su revólver; pero Woodhouse, ágil como siempre, disparó hacia él evitándolo. Con rabia, el cubano intentó destruir las defensas de Harry y lesionó su clavícula derecha. Por otro lado, el oficial del FBI recibió sendos proyectiles provenientes de un par de guardias que se apostaban a unos treinta metros de su posición.

Yumilka creyendo mantener la situación bajo control y gracias al apoyo de un grupo de agentes, volvió sobre sus pasos para entregar la prisionera. Latisha, como salida de la nada, aniquiló a un par de miembros del MININT para el mismo instante que Woodhouse, parcialmente recuperado la ayudaba a liberarse del resto. Un nuevo plomo penetró al agente del FBI por la zona de la cadera. Al verse sangrante no pudo liberar a Maritza. La americana, a cambio apartó a la mujer y se plantó frente a Yumilika.

"Al fin negrita. Aquí se acabó tu historia".

"OK. Veamos qué tienes. Hoy te parto la vida, serpiente."

De las palabras se movieron al viento y a la noche en que se mancillaba la armonía de la playa. El parque de recreación se tornaba en la guerra que nunca existió pero de la que se habló por décadas. Otra ráfaga se lanzó a través de las penumbras. El objetivo era Latisha quien evitó las balas, acercándose peligrosamente a Yumilka. Los guardias detuvieron el fuego en esa dirección y se concentraron en el bote, en Woodhouse y en Maritza. En esos momentos, la mujer rescatada le explicó a su protector que ella sabía también como disparar el

AKM que había aprendido de los tiempos en que todos recibían preparación militar en la isla. Tomaron el arma abandonada por uno de los cubanos aniquilados y ella ayudó por un momento a detener con más poder de fuego a los otros militares. Mientras eso sucedía, Harry y Jesús ensayaban nuevos saltos y ataques. Buscaban un golpe mortal. Súbitamente, una lluvia de disparos se dirigió hacia esa área. Ambos grupos se enfrascaron en maniobras creadoras para no sólo derrotar sino aniquilar al contrario. Ya Harry, con sus costillas, sus clavículas lastimadas y mucha sangre esparcida sobre su anatomía pareció aflojarse como un globo que se desinfla; sin embargo, logró recuperase lo suficiente como para golpear contundentemente a Jesús en la frente con un afortunado resultado. Los dos heridos se contemplaron cara a cara.

"Yanqui, tienes cojones. Me jodiste, coño".-dijo Jesús mientras expiraba.

Harry se incorporó con dolor y trotó unos metros. Cuando se creyó casi a salvo, recibió un impacto de bala. Su vista se nubló y sintió sus fuerzas agotadas. Maritza lo avizoró cerca del bote. Apenas sin energía, Woodhouse, se irguió y disparó para cubrir al hombre de Glendale. En el suelo, el sargento González sintió de nuevo la voz. No pudo discernir si era su bisabuela o la virgencita del mismo nombre combinado de la Cachita del Cobre con la virgen mexicana. "Levántate, basta de cobardías. Tú eres descendiente de los González y los Legrá, de los fundadores de la gran ciudad de Nuestra Señora de Los Ángeles. Yérguete, inútil. Párate cabrón. ¡Carajo!. Levántate coño. No te dejes vencer. Álzate, pinche sargento." Entonces, con sangre que le brotaba de varias partes de su cuerpo, con los huesos molidos, la clavícula en mal estado y las costillas no sólo rotas pero igualmente desajustadas, se puso de pie y lanzó una andanada de balas Recordó el teléfono explosivo que le entregara Andrew y lo aventó como una granada contra un nutrido grupo de enemigos. Esto alentó al malherido Woodhouse y también a Maritza a subir al barco junto a Andrew. Mientras esto sucedía, Latisha y Yumilka combatían a muerte con todas sus mañas. Aun cuando la cubana poseía la técnica y la fuerza no contaba con la preparación múltiple de la norteamericana quien manejaba varias artes marciales y eso fue crucial en el desenlace de esta batalla. Aunque la oficial de la CIA recibió varias lastimaduras, logró sobreponerse gracias a la combinación de técnicas de combate. La agente local sintió un dolor agudo y sin esperarlo, Harry le descargó un golpe para inmovilizarla.

"Se jodió. ¡A esta serpiente nos la llevamos!"

El fuego de las armas llovió sobre ellos. Cargando a Yumilka con un malestar increíble, Harry llegó al bote mientras Latisha recibía un disparo en la pierna izquierda que la desplomó. Woodhouse, saliendo de la embarcación y apenas sin ánimo se acercó a unos metros. A un doble de esa distancia continuaba el fuego intensivo hacia ellos. EL agente del FBI agarró a su compañera por el brazo y ésta se desplazó tambaleándose hasta que ambos lograron abordar la embarcación. Ahora los cubanos tratarían de detener la fuga; pero los perseguidos decidieron no disparar. Aguardaron hasta que los guardias de la isla estuvieran lo más cercano posible. Entonces, apuntaron casi a quemarropa haciendo mella en el grupo enemigo. Woodhouse recibió un nuevo impacto y se derrumbó con el pecho sangrante. "Aguanta. No te mueras ahora" le dijeron Harry, exhausto y herido y también Latisha con un tremendo dolor en la pierna lesionada. Maritza disparaba hacia las sombras como si ya no pudiera parar. Lo hacía con tanto empeño que pareciera guiada por una mística energía personificada en un zombie huesudo con un rifle en la mano.

Andrew arrancó los motores del yate. Los cañones de las tangentes fueron activados. Utilizando una computadora, a modo de un juego de video, puso el bote al ataque. El rayo láser impactó en las máquinas de las lanchas cubanas produciendo una gran explosión. Algunos marineros respondieron con saña, usando una ametralladora mientras se sumergía su navío. En la otra embarcación se preparaban a usar una pieza artillera pero otro rayo proveniente de la lancha americana, los acabó por hundir. Las dos restantes naves se dirigieron al encuentro de los norteamericanos desplegando toda su capacidad de fuego. El blindaje especial había ayudado hasta ahora lo cual fue aprovechado por Harry, Latisha, el moribundo Woodhouse y Maritza quien no pudo seguir disparando por falta de proyectiles. Andrew, maniobraba con limitadas posibilidades pues debía cuidar los cañones laterales para evitar recalentarlos. Recogió uno de ellos y cambió a una especie de ametralladora ráfaga láser que obligó a las lanchas guardacostas a replegarse con daños mayores. Como respuesta, los cubanos apagaron sus luces para contra atacar con el objetivo de penetrar la capa protectora del barco yanqui. Si el nivel del fuego continuaba con la misma furia, el recubierto de la embarcación, comenzaría no sólo a amellarse sino que algunos de sus espacios podrían ser penetrados por el fuego. Andrew comenzó a navegar en forma circular y al doble de velocidad lo que creó un remolino que imposibilitaba la visibilidad de los contrarios aunque podría afectar también a sus compatriotas que ya se acercaban. Faltaba un medio nudo de distancia. Las fuerzas especiales, no pararon de tirotear hacia la oscuridad de la noche, alumbradas tenuemente por los dos navíos sobrevivientes. Desde un lugar cercano se aproximaban nuevos barcos de guerra cubanos.

Andrew regresó al pilotaje frontal para lograr más estabilidad y permitir a sus compañeros acomodarse en al camarote. Latisha, quien conocía la embarcación abrió el camino e inmediatamente dirigió a la ex prisionera del hospital siquiátrico a mejor resguardo. La agente de la CIA, buscó armas para continuar la defensa. Le lanzó a Harry una bazuca que éste utilizó para inutilizar parcialmente uno de los guardacostas enemigos. Andrew dejó a Latisha a cargo de las bocas de fuego láser porque ésta las había utilizado con anterioridad y su pericia le ayudó disparar ráfagas precisas que impactaron en la última embarcación cubana. Harry...socorrió a Woodhouse con gran esfuerzo. El hombre del FBI sangraba mucho y respiraba poco. Ya en el interior, acomodó su corpazo en una cama mientras dejó a Yumilka inmovilizada sobre la cubierta. Al regresar, el sargento no tuvo tiempo para otros pensamientos. La que fuera su amante gemía de dolor y sangraba, así que la transfirió hacia el camarote donde yacía su compañero herido. Maritza, algo recuperada del susto se improvisó como enfermera. Había suficiente material disponible. Aplicó lo mejor de las vendas y otros adelantos jamás vistos antes sobre el americano y la mujer prisionera. Mientras tanto, Latisha y Harry se enfrascaron en detener el fuego enemigo. La escuálida viuda ayudó a aliviar el dolor del americano y la cubana. Por su parte, Woodhouse respiraba con los estertores del moribundo.

"Te llevamos a casa. Tus hijos se van a contentar."-habló él a Maritza con las pocas fuerzas que aún le quedaban.

"¿Y mi esposo?"-preguntó ella con ansiedad.

Woodhouse la miró casi inexpresivamente. Lanzó un último suspiro y apenas pudo repetir "el ingeniero... el ingeniero." Eso afectó a Maritza y una gran angustia la recorrió. Apenada por la muerte de uno de sus salvadores, la tensión y el estrés se acrecentaron. Vivió en el encierro y el mundo de medicamentos junto a la avalancha de choques eléctricos en su cabeza que habían debilitado no sólo su memoria sino la fuerza física de su cuerpo. Estas últimas horas habían sido un detonador de sus potencialidades y aunque en un principio todo fue demasiado rápido, como una pesadilla meteórica salida de una dosificación cruel, comenzaba como a desperezarse en medio de una batalla que nunca imaginó. "Qué habrá pasado con él. ¿Por qué ese hombre que había muerto junto a ella no se atrevió o no pudo contestar una simple interrogante acerca de su esposo? ¿Por qué los otros, especialmente su apuesto salvador no contestaban sus interrogantes?" En ese momento un proyectil de gran calibre logró al fin penetrar el bote que comenzaba a estabilizar su rumbo entre nuevos buques guardacostas. Maritza sintió que algo veloz le atravesaba un brazo. El proyectil golpeó también a Yumilka en una de sus hermosas piernas.

"Voy a ver qué coño pasó".- dijo el sargento.

"Adelante"-dijo Andrew- "Todos saldremos de aquí."

"Tú y yo vamos a disparar para movernos entre los dos barcos. Utilizaremos el movimiento circular. De eso depende todo. Es la única forma de escapar."

"A sus órdenes. Vamos a ...¡ay!, ¡Me pegaron!

"Andrew. Déjame ver. No parece tan mal. Ya no hay nadie sin heridas. Tenemos que tratar de completar el movimiento...¡Fuego!"

Mientras el barco de operaciones de la CIA desarrollaba nuevamente ese extraño movimiento circular, Latisha y Andrew lanzaban fuego láser a toda la redonda eliminando no sólo el guardacostas casi hundido, sino también a los resguardos del litoral, logrando así alejarse hacia aguas exteriores. Harry encontró a Maritza en el suelo, pálida y sangrante. Con una profunda rabia y tristeza notó cómo Woodhouse yacía junto a ella sin vida y la que fuera su amante, ahora espía capturada, se quejaba de dolor con uno de sus muslos perforados. La forma en que se desplazaba el barco le impedía mantener estabilidad, pero aun así, aseguró los medicamentos y vendas que encontró. Colocó las suturas plásticas en las dos mujeres y con un intenso dolor en sus propias heridas subió hacia la borda del barco. Allí distinguió cómo Latisha y Andrew utilizaban con mucho éxito todo el poder de fuego que la tecnología les permitía. Les reportó rápidamente de la situación a bordo. Había una abertura en el blindaje y el agua salpicaba el camarote. Latisha le indicó dónde podía encontrar material para sellar el daño. Éste regresó hacia el camarote, cumplió esa misión mientras se alejaban unos doscientos metros. En el cielo se escuchaban helicópteros buscando hacer blanco. Ya retirados lo suficiente, el grupo comando se embarcó en una carrera acuática. Latisha, al mando de la nave que había utilizado en misiones anteriores, se dirigió a estribor con toda la fuerza que le permitían los motores. Para el momento que nuevas lanchas de guerra enemigas llegaban, ya ellos se aproximaban a zonas internacionales. Harry a cargo de la defensa antiaérea se había alistado para el contra ataque con un arma manuable pero que sólo había utilizado en el entrenamiento. A pesar de ello, derribó un helicóptero y averió otros dos. Así que los cubanos decidieron retirarse. Las fragatas disparaban con sus cañones y la distancia se iba alargando cada vez más. El barco volaba sobre el océano y se alejó lo suficiente como para que ellos pensaran que todo peligro había pasado. Para su sorpresa, aparatos de la aviación cubana empezaron a bombardearlos. Como ya cruzaban la línea imaginaria de la frontera nacional, varios aeroplanos de combate, salidos de la Base Naval de Guantánamo sobrevolaron cerca de esos límites. Los de la isla contaban con modelos más anticuados que los norteamericanos: pero se encontraban en buenas condiciones e informaron de las nuevas a sus superiores. Éstos les ordenaron prudencia aunque "si violaban el espacio aéreo, debían responder con energía". De pronto un cohete dañó el motor principal. Con suerte e ingenio salieron despacio pero aún vivos a las aguas internacionales. Un buque los aguardaba y los norteamericanos crearon una barrera protectora. El barco herido como casi todos sus ocupantes se juntó a los bordes de la embarcación norteamericana. El yate había sido su salvación. Había navegado, resistiendo los ataques de todo tipo de proyectiles. En su interior Woodhouse había ya dado su último suspiro. En el único camarote disponible, descansaban la mujer abusada por su gobierno y la cómplice de muertes de disidentes en los Estados Unidos y México. Harry, con varios impactos y lesiones en su cuerpo abrazó a su compañero Andrew, lloró por el agente del FBI y agarró con cariño la mano de Maritza. Besó a Latisha en la mejilla y cargó a la inconsciente Yumilka hasta que ésta fue trasladada en una camilla. El viaje de retorno apenas comenzaba; pero ya Harry, convertido en hispano no sólo por herencia sino por convicción se dio cuenta de cuánto había cambiado. El hombre nacido como resultado genealógico de Los Legrá de Baracoa y los González de Veracruz sentía sus heridas como también su cuerpo ahora más joven. El mar había sido testigo de los esfuerzos por rescatar a una mujer a quien él aprendió a amar a través de una doble muerta. Él la vio resucitada frente a sí con la palidez que un día se borraría de su cara luego que se recuperara de los dolores de la viudez, del re encuentro luctuoso con sus hijos y también del cortejo al principio imprudente y prematuro. La Maritza real se habría de recobrar para que él, yo Harry González alcanzara un día su amor. Así mismo recordé a Woodhouse, la víctima heroica de esta misión. También pensé en Latisha y mi amigo Andrew aunados por la pasión y que también sanarían las heridas y luego volarían a Los Ángeles y de ahí a las islas del Pacífico a descansar en una merecida de Luna de Miel. La imagen del poeta grande estaba en los labios del Harry, de mí mismo que con admiración pero lástima también comprendió que esos poemas sirvieron de inspiración a aquellos que eran capaces de defender lo que ellos llamaban su orgullo patrio. Y por ese poeta que creó versos tan hermosos sobre las aguas y la cultura que navegaban los protagonistas de esta historia, pensé que él jamás imaginaría que un admirador suyo con otros de los yanquis que él criticó se salvara de una batalla contra su país. Y sí, admiro a esa tierra adonde nuestra misión incluía rescatar una mujer inocente aun cuando nos llamen intervencionistas. Y Harry, yo, se lo conté a Jules Dolz para que lo escribiera porque en mis cambios sentía que los ruegos a la virgen de la Caridad y a la Guadalupe se cumplieron y que mi misión había tenido no sólo éxito sino sentido. Y luego del cansancio de estos días difíciles, yo, el sargento González, a salvo junto a mis compatriotas volví a recordar a quien un día escribió que por el Caribe anda un barco de papel. La nave en que la serpiente encarcelada y el ángel liberado marcharían hacia el norte, el norte de la estrella y del imperio según palabras de la misma Yumilka a quien un día deseé y ahora me odia.